民國閨秀集

叁

徐燕婷 吴平 編著

上海古籍出版社

第三册

楊延年 撰

椿蔭廬詩詞存

民國七年（一九一八）鉛印本

提　要

楊延年《椿蔭廬詞存》

《椿蔭廬詞存》一卷，楊延年撰，與《椿蔭廬詩存》合刊爲《椿蔭廬詩詞存》，民國七年（一九一八）鉛印本，華東師範大學圖書館有藏。《椿蔭廬詩詞存》封面由戊午秋曹廣楨題簽，内有「戊午孟冬之月何維樸署耑」字樣。附有楊延年小像一幀，旁有左念康題字，後有對該小像成像情況等的簡要説明。並有長沙曾劉鑑、臨桂況周頤作敘。集中詩詞目録各一份，前爲詩一卷，後爲詞一卷。

楊延年（一八七九—一九二五），字玉暉，湖南長沙人。清故總督石泉公之女孫，觀察彦規公之長女，年十八歸湘陰左念康。婚後，夫妻和美，其親操井臼，孝侍公婆。惜身逢亂世，隨夫南北奔馳，身體日漸羸弱，年三十六而歿。楊延年頗有文采，所作詩詞各一卷，「詩則清新俊逸，深得庾鮑之神；詞則美麗閑婉，頗叶鳳豹之律」（劉鑑語）。觀集中之作，以詠物抒懷爲多，詩集中數首感時傷事之作則别具一格，清麗之餘頗有沉痛之感，如「千里家山縈蝶夢，九州烽火驚歸心。桃花流水應如舊，縹緲仙源何處尋」等句。詞則以抒發小我情思爲主，或寄離思鄉情，或四時詠懷，情思細膩，文思閑婉，如《清平樂·秋思》《滿江紅·春景》諸作，不失婉約之旨。

椿蔭廬詩詞存

戊午孟冬之月

何維樸署耑

先室楊淑人贊像

歲在著雍敦牂且月

左念康題

此照係宣統元年八月寫真於京師海王村時將之蘇州特與不佞並坐留影蓋最後之照相也乙卯卒後曾以原照放大倩畫工追圖飾以淑人制服留存長沙寢室與子孫歲時展供計寫此真時年三十歲身雖向弱貌尚清腴其後南北奔馳中更國變日漸羸瘦矣今距乙卯追圖時三年距己酉京師寫真時九年形在人亡曷勝悲悼以展轉映印製此銅版神似略存十得七八蓋當時面貌豐不至此鼻凖本隆秀得中此已不顯二者爲是圖弱處曾不及乙卯湘畫工之追圖矣戊午新秋臺孫識

椿蔭廬詩詞存敘

夫妙詠新妝鸞臺耀彩代揮醉草蠟照生香病榻緘書寄閨人之幽怨回文織錦寫思婦之芳懷是皆此賡彼和小別終逢以申意者豈若九霄珠玉一曲瑯璈之絶調哉而乃哀蟬有誄莫招倩女離魂蓋篋餘芬儘富葉媛遺藻散有生之膏馥流後世之光焰令名永久矣此椿蔭廬詩存所由刊也淑人姓楊氏諱延年籍隸上湘門承通德清故總督石泉公之女孫觀察彥規公之長女年十有八歸爲湘陰左臺孫部郎之元配部郎乃侯相文襄公之公孫方伯子異公之次子刑曹供職才冠

六堂信乎名貴清華二姓媲美矣而淑人中壽未登瑤光掩采是或造化忌福劬學損神有以致之與淑人悲違慈侍孝事嚴親七誡克循四德無忝在室爲賢女出閨爲良妻禮所謂順於舅姑和於室人而后當於夫淑人有焉淑人與予女爲妯娌行十餘年井臼同操羹湯共作略無間言郝夫人之法有足多者予昔同居省會時接清言淑人不自誇競而春悅秋感論月至雅撒鹽飛絮評雪唯佳逆知三生慧業五言長城雖不以詩鳴實詩家語也不期然乎迨今秋予避地申江部郎由湘來出淑人存稿見示且以弁端相屬受而讀之詩與詞

各一卷詩則清新俊逸深得庾鮑之神詞則美麗閑婉頗叶鳳豹之律展詠終篇如瞻大雅勉綴數言以應之有當與否不自計也

戊午秋七月既望長沙曾劉鑑敘於申江

椿蔭廬詩詞存敘

龍城山水靈閟風土清嘉蓮華毓秀則玉輝映發銅井涵芬則璿源灕邕故有理學之門風月資其吟弄閨房之彥仌雪淨其聰明至迺綝楨自謝瑤蕙未渝淵雲無多墨妙近屬莊姝鮑謝徒鶩詞華難方靜孌於左少夫人椿蔭廬稿見之焉夫人誕組珪之邵族式珩璜之雅度植性醇粹明心善窈紗帷執經如奇童之冠羣纚笄成教雖哲弟亦嚴事可謂德頴振玉矩芳握蘭者也婉婉秦嫿處淑女宗秩秩鴻妻出延嬪道時則臺孫部郎任天下若小范念江左無夷吾慷慨治安之策蒿目時

囍奔走君父之憂蓱蹤客路夫人仔肩持門勞何止於三歲同心憂國歌欲和夫五噫東海可蹈曾爲憤激之言泰山彌重輒申黽勉之戒凡茲卓識易弁猶難何必才名然脂之亞迺復玉臺新詠上抗徐陵金荃麗詞下揜温尉彤管有煒黄絹無慙高門名德左芬難爲小姑近代華宗楊芸庶幾弱娟今雖瓊娥珥節寶婺戢華輟徐淑之素琴感潘安之長簟然而七襄鴛杼錦字猶新五色花箋珠塵末沫允足垂光結緣奪彩懸黎班香宋豔之遺三台妙蹟鍾禮郝法而後一代傳人周頤晚歲滄江舊家湘野（元籍新甯住零陽鄉）忝枌榆之末誼揚蘭茝之清

芬雖榮名懿鑠詎恃詞章而雅故修姱彌光里乘開茲
縹帙未盡大家良史之才乞與青藜爲續中壘列女之
傳

上元著雝敦牂重九日臨桂況周頤序於天春樓

椿蔭廬詩存目録

椿蔭廬詩存目錄終

椿蔭廬詩存

長沙左楊延年

甲午感事

羣流無策可安邊促漏遙鐘罷講筵聖孝未忘天下養
瑤池猶自進歌絃
鄰國協謀眈虎視長城坐壞漸狐跳歷山耕稼民丕變
干羽終難格有苗
黃海頻傳警報來愁雲日下暗難開講和割地權宜計
未雨綢繆頗乏才

小院

煙鎖修篁小院清碧桃枝上囀流鶯夕陽簾幕東風暖
何處紅樓按玉笙

細雨

細雨如絲釀峭寒繡餘無事倚闌干東風吹轉春歸去
故遣花飛作雪團

簾幕

簾幕沈沈夜色幽碧天無際薄雲浮桃笙葵扇消殘暑
爲聽簫聲一倚樓

秋日漫興

小庭秋氣爽斷續候蟲吟閑花開曲徑積雨滴疏林喜

得靜中趣徵聞天籟音黄昏新月上捲幔看來禽

舟行

天迥雲容靜山深草木幽人煙迷遠樹帆影漾清流塞雁隨風到江豚逐浪浮憑窗閒眺久心與水悠悠

游絲

游絲飛絮漾風低幾箇黄鶯繞樹啼鸜鵒又來簾外語狸奴撲蝶畫欄西

夕照

夕照烘紅葉幽禽啄綠苔瑶琴一曲罷雲外鶴歸來

雨止

雨止消煩暑池塘蛙鼓鳴溼雲猶壓樹天意快將晴月上簾櫳寂波澄霄漢明納涼閑坐久淅淅晚風生

玩月

儂愛秋來月高明而皎潔時復奔雲來清光終不滅

聞鵑

浩渺春波綠春愁共草生他鄉春意盡還聽杜鵑聲

四序分詠

春

曉晴睡起怯微風花影橫窗旭日紅燕子似憐春色好時含花片入簾櫳

夏

納涼最愛雨餘天綠樹陰濃噪晚蟬覓句倚欄閑眺久碧空如洗月娟娟

秋

清秋玩月步回廊唧唧蟲鳴漸夜長十二湘簾剛捲後風來一陣晚荷香

冬

步屧巡檐小院來瓊瑤滿地少塵埃朔風拂面寒如削紅萼枝頭乍放梅

寄懷芷仙表姊

翦燭深閨事女功霜華壓瓦地爐紅烟消修竹搖清籟
花落柔枝颺晚風遠夢依稀辭未達臨書惆悵意何窮
別離亦是尋常事難忘伊人秋水中

懷汪佩霞女師

問字依依絳帳前每欽林下湧青蓮邇來桃李知多少
不獲追隨意惘然

喜見汪師既而別去

別來幾度過中秋時雨春風憶舊遊恰喜天隨人意願
漢江重聚慰離愁
相逢喜極轉含愁共訴睽違兩地由得意忘言疑是夢

如鉤新月浸江流
征衣甫卸又驪歌一片輕帆轉綠波借問幾時重到此
挽留無計淚滂沱
浮雲怕我傷離別遮斷晴川望渺茫祇有斜陽與流水
殷勤相代伴歸航

哭汪師

青燈相對記兒時憔悴蕭齋瘦不支紙墨飄零堆滿案
寢門今分哭吾師
詩才繪事有誰如半世愁懷總未舒千里一身經十載
東脩奚足贍三餘

匆匆分手出江城小別誰知便死生多少臨歧珍重語
一囘追憶一悽情
瑤琴感愴人何在玉笛吹殘鶴化煙風雨淒其腸欲斷
那堪檢點舊遺編

舟中口占

輕舟一葉望湘靈天際遥山數點青近岸波平風送笛
蘆花如雪不堪聽

小池

小池雨過添新漲燕子呢喃語畫檻午夢未成推枕起
一庭花影上簾旌

寄懷芷仙表妹

春陰漠漠釀輕寒無限離情倦倚欄滿院落花風替掃
半窗晴日雨初乾消閑研墨塗鴉跡解渴呼環煑鳳團
一束瑤函猶在篋遣懷不厭幾回看

七夕苦雨

新秋鎮日雨凄凄鵲倦梳翎烏不啼牛女應愁河漢杳
穿鍼難盼玉繩低

臥病

病來瘦損懶梳妝羅幕低垂掩洞房料得黄花應笑我
輸他能傲九秋霜

春夜即景

繡襦纔著晚涼天，散步花陰未忍眠。今夜不須銀燭照，海棠庭院月光圓。

征雁

征雁啁啾未忍聞，海天寥廓悵離羣。西風簾捲高樓上，一點愁心逐暮雲。

秋夕

小環報道菊花開，步月徘徊別院來。幽徑無風桐子落，露華如雨溼蒼苔。

江行

放眼江行處青山斷復連牛眠芳草地雁度白雲邊遠浦明斜日寒林鎖暮煙推篷一憑眺蕭寺晚鐘傳

送別淮仙表妹

素心嗟遠別握手惜分襟薄霧迷征棹微曦透碧岑風和知浪穩木落漸秋深珍重前途意時時寄好音

漢口

江城風景好覽勝一登樓渺渺楚天闊滔滔漢水流鐘聲度煙樹檣影集沙洲亦有思鄉意浮雲黑上頭

懷芷仙表妹

伊人千里別尺素付浮沈矧是三秋候頻興憶遠心西

風吹暮雨黃菊助清吟倚檻徘徊久遙天暝色深

樓居

樓居風景好野望最怡情日暖花光麗風微燕羽輕鳥啼紅杏雨人住綠楊城新漲前溪滿時時釣艇橫

歸來

歸來鬱鬱竟如何每憶秦淮好景多郭外峯巒橫翠黛簾前溪水漾紋羅輕風淡蕩飄飛絮畫閣參差貯素娥他日湘江重買棹板橋載酒聽笙歌

寄懷妹夢芝

荏苒流光歲又闌湘雲回首路漫漫畫樓猶記觀梅日

轉瞬天涯雁序單
綠萼飄香入繡幃遣懷拈韻每成詩別來多少思鄉夢
祗有江潮夜月知

千里

千里家山縈蝶夢九州烽火警歸心桃花流水應如舊
縹緲仙源何處尋

蓬萊

蓬萊自古道仙鄉焉得浮槎一葦杭羨煞島中千歲鶴
白雲天際任翱翔

珠箔

珠箔銀屏次第開九重春色綻寒梅檐前翹首添鄉思
千里將書雁未回

新歲

爆竹聲聲萬象恢九衢燈火映樓臺如雲車馬遊人盛
鬬巧風光百卉開東海洗兵宏霸略中朝搢笏少能才
有誰省識興亡意歌舞昇平醉玉杯

玉階

玉階一葉梧桐下落盡紅蓮冷香榭銀河皎潔無纖雲
轆轤金井寒泉瀉驚秋鸚鵡倦無言微霜昨夜凝鴛瓦
繡幃風靜爐煙裊瑤瑟湘靈韻斯杳洞庭水滿衡岳高

歸夢池塘有青草大椿輪囷竦卷阿棣蕚花開月圓好
安得神仙駐景方世免别離人不老

後四序分詠

春

陰晴無定近花朝爲避輕寒掩綺寮紅杏枝頭春意滿
綠楊深處鳥聲嬌

夏

菡萏香清水閣涼綠荷如蓋護鴛鴦南窗欲覓還鄉夢
厭聽蟬聲噪夕陽

秋

碧天如水見星流金井梧桐報早秋涼露滿階明月照誰家鳴笛倚高樓

冬

鴨鑪細細裊沈香繡幕寒添漏漸長坐久起看飛雪舞一庭明玉淨梅妝

寄夢芝妹

同懷遠別離寤寐長相憶拂箋思寄書罄紙書無極何以寫我憂散步風檐側黃菊解人意爛縵呈佳色晴霞映疏林塞雁聯歸翼塞雁時往還鄉書久未得六年寓京師思汝無晨夕何日始言歸與汝傾胸臆

哭葵孫夫姊

靈旐風淒日易斜驂鸞遽返蕊珠家三春惜別愁芳草九日歸甯壽菊花佳耦共探遼海月清標羣嘆赤城霞芬才無那天相忌雪涕潸然濺落花姊夫饒君佐奉天留守幕九日爲家翁誕日送姊歸甯

妙鬘小謫廿餘載淑德甯留百世名恭儉未饒紅豆粒倡隨如對紫鸞笙玉璫永憶頻煩訊環珮惟餘夢幻聲惆悵芳蘭凋謝易空階愁見月華明

秋景

蕭蕭木葉下庭墀細雨斜風菊滿籬鴻雁未來秋巳老

停雲落月繫人思

玉宇

玉宇無塵秋色冷疏簾半捲蛩鳴靜數聲鶴唳碧霄中
丹墀亂颭梧桐影

銀河

銀河淡淡晚風輕皓月揚輝入畫楹涼夜敲詩饒逸趣
流螢和露點簾旌

凍雲

凍雲漠漠雪漫漫步屧尋芳小院閒且喜梅花開正早
一枝想爲破愁顏

盼家書不至

迢迢鄉信萬金如底事浮沈付鯉魚惱煞街車聲震耳
夜深無寐更愁予

京師三貝子園

松陰十里鳥爭啼萬綠叢中路欲迷到此詩魂清欲絶
白蘋香過板橋西
紺宇琳宮畫本開一聲清磬出山隈洞天寂靜涼如洗
不斷蒼煙鎖古槐

夏午

晝長無事寫黃庭新竹當窗箇箇青笑看狸奴初睡醒

滿身花影撲蜻蜓

春雨

春來已月餘晴少苦雨多庭前見楊柳新綠垂舊柯旁開紅杏花色擬醉顔酡好鳥鳴其間厥音清且和傾聽神自怡酌酒發長歌長歌情未已醉倒金叵羅我所思在萬里停雲愁奈何

蘇垣省翁姑臺君行後卻寄

綠陰庭院雨如絲紅杏枝頭欲放時漫說暫離無別感海雲燕月悵天涯

懷藪夫子次韻見酬仍次前韻寄憶

花飛似雪柳垂絲畫舫清歌載酒時永憶京華足冠蓋
卻將風雅當生涯
離愁拚與鬘千絲宛轉柔腸十二時幾日春晴鳩喚雨
釀成濃綠遍天涯
明窗揀紙界烏絲想見濡毫得意時遠夢不愁江漢廣
兼程水陸到天涯
和風小院裊晴絲梁燕呢喃報語時快展瑤華盥薇誦
文情緜邈與無涯

病中答懷藪夫子

頻來雙鯉勸加餐北望觚棱一浩歎紫陌雞鳴知束帶

金閨蝶夢繞朝繁幽懷不耐連綿雨瘦骨難禁峭料寒
鞅掌簡書休内顧爲君强起問親安

寄懷藪夫子

碧筒幽思付雙魚冰雪清詞貯玉壺萬里東華頻夢到
柳堂夜月惱啼烏

回湘舟中恭和 家大人韻

髫年問字數趨庭祖德儒風秉一經南國藻香承禮教
北堂蘐謝忍哀聽腰肢頗健須扶杖鬟髮初斑似晚星
安隱扁舟歸去後承歡諸弟勉紆青

次前韻示諸弟

一葉扁舟渡洞庭廿年來去幾曾經君山風日遲登眺
渤海波濤慣臥聽勉力各爲天下雨承顏長慰老人星
歸來未趁茱萸節丹盡楓林不帶青

龍城道中

蒼蒼煙樹隱岧嶢萬頃農田入望遥幾處寒塘浮水鴨
長天無際白雲飄
蕭瑟金風玉露涼曉行踏遍板橋霜荒村茅店難安枕
靜坐方知秋夜長
牛犢雞雛遍草廬豆棚瓜架漸荒蕪斜陽一抹寒鴉影
景物誰摹入畫圖

遠岫接天光寒林隱夕陽牛眠芳草岸魚躍碧波塘午
夜蟲催績深秋雁帶霜一從爲客久鄉語聽難詳
竹籬環土屋三五自成村白石填荒徑青蘿罥短垣秋
聲喧木葉暮靄見雲根小憩柴扉裏渾醪酌瓦罇

春申江

疏籬綠樹繞垣牆樓閣連雲望渺茫細草如茵啼鳥少
馬龍車水正斜陽

舟行

歲暮風雪寒江湖尚行役勞人豈得已鬱鬱縈心曲凍
雲出岫忙倦鳥依林宿晴川煙水清鬧市飛塵濁回首

望京華遠山鎖蒼綠

寄懷藪夫子京師

今夕團圞月寒光遜昔時停雲勞望眼低戶動離思綺夢縈青瑣豪情託玉巵庭梅開應早先爲寄南枝

蒼松

蒼松寒愈綠梅蕚綠尤芳素心各有稟惜哉隔途長途長意難寄寤寐長相憶風雪滿關山翠羽何由至

椿蔭盧詩存

三

椿蔭盧詩存終

椿蔭廬詞存目錄

椿蔭廬詞存目錄終

椿蔭廬詞存

長沙左楊延年

南鄉子冬夜懷夫子京師

霜意怯雲屏寒透重衾夢不成候鴈將書書有未難憑迢遞雲山幾萬層　綠蠟酒頻傾紅蕚窗前瘦影橫靜對花枝無一語含情纔擘鸞牋淚已盈

浪淘沙寄懷妹夢芝

疏雨杏花寒明月團圝傳書何處覓青鸞寶鴨金猊香懶炷閒倚闌干　風起繡襦單遙憶芝蘭湘皐回首路漫漫對此韶華縈別緒清淚頻彈

前調賞花

紅藥正爭妍垂柳初眠花幡搖颺畫欄前紫燕黃鸝時弄舌入耳生憐 不愛翠花鈿爲愛芸編薄羅衫子減吳棉南陌踏青遊女盛鬭盡嬋娟

前調秋夕

萬里薄雲浮桐葉驚秋長廊風細碎螢流消盡炎氛人意爽夜景悠悠 明月照高樓蛩語啾啾湘簾十二捲銀鉤倚遍闌干清不寐爲看牽牛

前調又

蘆荻滿汀洲涼雨颼颼怯寒簾未上銀鉤疏 葉蕭蕭窗

外響知是深秋　聊以慰閑愁香篆茶甌挑燈屈指數更籌今夕故園秋雁過誰凭南樓

前調 秦淮秋泛

煙水綠滔滔閑泛蘭橈紅樓別院弄瓊簫嫋嫋餘音穿畫棟人若梅嬌　景物漸蕭條疏柳長橋白蘋風送晚來潮月上簾幃都捲起倦鳥歸巢

前調 小閣

綠樹晚棲鴉掩映殘霞朱蘭新放一叢花小閣幽深塵慮靜閑讀南華　門外月籠沙誰撥琵琶迴風時送入窗紗錦鯉不來雲雁杳望到天涯

如夢令 四序分詠

十丈紅薔花簇緩步園亭清淑剔刺採柔枝貯入小籃方籠盈匊盈匊香氣似斟醽醁 春

紅日山阿初下漸減暑氛瓜架搖扇出闌干彌望綠菰盈野將夜將夜約伴納涼荷榭 夏

萬里長空秋淨風弄凋疏桐影坐待月華明微覺薄羅衫冷人靜人靜何處玉簫聲永 秋

紅萼盆枝初吐聞得暗香生戶玉屑灑空階斗帳圍屏深護梅樹梅樹如見明璫翠羽 冬

點絳脣 春晴

雨霽春寒覺來忺換羅衣薄玉人紅藥對面如酬酢
海燕營巢往復穿珠箔東風惡斜陽吹角一陣楊花落

前調 夏景

翠展荷錢石榴花爍如年夏綠陰罨畫倦繡金鍼罷
烏啄黃梅墮落鴛鴦瓦南窗下縹緗堆架萬景堪陶寫

前調 月夜賞荷

水榭雲廊綠蘋襯出紅蓮朵石床閑坐花月相陪我
翳爾初時千斛泥深涴漣漪過翠盤如韗晶澈承珠顆

前調 秋江

煙水蒼茫採菱三五隨波去野鷗游處不畏風和雨

綠柳長隄無數人家住涼如許樹梢斜日一陣歸鴉舞

浣溪沙 春曉

漠漠春陰罩海棠曉鶯啼遍綠垂楊雲環挽就入時妝
微覺輕寒生薄袂早看曙色透回廊金爐添炷水沈
香

前調 即事

微雨輕陰釀曉寒捲簾怕見落紅殘畫屏深掩繡襦單
一榻茶煙鄉夢遠三春花鳥酒杯寬浮雲北望是長
安

靜坐明窗理簡編吟成新句錄花箋晴霞紅映石欄前

深院風微飛柳絮，小池水淺疊荷錢。碧筒離緒倩誰傳

楊柳芙蓉罨畫樓，疏篁叢菊一園秋。夕陽移影上簾鉤

碧海青天雲漠漠，黄塵紫塞雁悠悠。玉壺容得幾多愁

卜算子 初夏

雨潤綠苔滋，枝綴青梅小。嚦嚦黄鶯訴夕陽，道是春歸了

月榭曉風輕，石檻流泉繞。減卻詩情與酒情，恐惹花枝笑

采桑子 即景

庭階幾日黃梅雨羅幕疏櫺微覺涼生點滴芭蕉不耐聽　鶯簧啼澀花枝瘦脩竹亭亭芳草青青綠滿園林夏景清

前調月夜思鄉

枕邊縈繞瀟湘夢驚聽城笳月映梨花雨過輕寒透碧紗　雙魚底事無消息一別天涯逝水年華容易輕霜點鬢鴉

菩薩蠻懷夫子京師

閑庭飛盡楊花雪春歸杜宇猶啼血獨倚小闌干露濃花氣寒　碧雲勞盼望紅豆添惆悵昨夜夢京華彩毫

新著花

憶秦娥　離情

風蕭蕭旗亭珍重駐蘭橈駐蘭橈蘆花如雪征雁鳴皋別離忽忽怨秋宵蛾眉斂翠思無聊思無聊水天一色海汐江潮

前調　鄉思

秋容好疏籬叢菊花開早花開早蝶衣褪粉蛩聲漸老金樽難遣離愁少玉璫省識音塵杳音塵杳鷓枝寄著雁行單了

前調　秋思

清秋節。桐飄金井。蟬聲咽蟬聲咽。滿簾皓月。半墀黃葉。銀缸寒透宵深怯。枕函別夢飛如蝶。飛如蝶。河山萬里。恨雲千疊。

清平樂 秋思

愁絲縛繫。難覓埋愁地。啼鳥無言花濺淚。風雨釀成秋意。自憐負了韶光。鏡中雲鬢添霜。十二碧欄閑倚。飛鴻嘹唳斜陽。

西江月 春晴

紫燕營巢繡戶。日輪碾破春陰。海棠風冷似難禁。呼婢金鈴繫審　珠箔任垂銀蒜。綺窗嬾理瑤琴。簾前鸚鵡

頗知心喚醒南柯一枕

前調　憶江南

倦繡緑窗分詠踏青紫陌春遊秦淮煙月木蘭舟曾聽清歌載酒　聞說花枝爛縵繁華勝昔風流匆匆别去數年秋光景令人回首

燭影摇紅　七夕

殘暑初消月新雲澹燈光暗仰看烏鵲起塡橋碧落飛星點爲問佳期久蹔惹人間更深漏漸蜘蛛呈巧瓜果紛陳香鑪煙氾　清籟時聞便疑仙珮天風颭支機靈石認從來海客乘槎犯水淺蓬萊試探報方平麻姑敬

念羽車鞭背麟脯行香蔡經何憾

減字木蘭花 賞荷

金鍼繡罷玩賞芰荷臨水榭綠樹陰中斷續蟬聲噪晚風 晴霞明媚紅映花容如薄醉閑步迴廊滌盡塵氛領妙香

前調 懷夫子

三秋別憾過盡征鴻書莫問無限柔腸題遍雲箋貯錦囊 雙眉翠斂寶鏡慵臨常自掩清漏悠悠風颭庭梧瑟瑟秋

臨江仙 憶家

回首家山紅葉遥空冉冉飛鴉那堪三載旅京華覺來鄉夢皓月上窗紗　底事歸期難計輸他燕子還家薊門烟樹隔晴霞瀟湘何在江笛譜梅花

虞美人　病中偶書

丁當鐵馬鳴簷角病裏情懷惡薄寒如水襲銀屏寶鼎心香常炷遣閑情　多情底事偏多病明鏡憐癯影澆愁准擬醉金巵剛好東籬新放菊花枝

前調　和夫子

禁烟時節寒猶峭柳嚲花枝裊舊遊曾記鳳城春無數香車飛鞚輭紅塵　河陽開遍穠桃李半落隨流水朱

門月夕按紅牙誰念四郊多壘起鳴笳時有伊犂片馬之警

蝶戀花 即景

閑界烏絲消永晝寂寂花時香送樓頭牖竟日和風裁細柳小池清淺波紋皺　一盞蒲桃新漉酒醉倚雕欄雲樹愁回首青鳥傳書南去久朱顏半爲思鄉瘦

前調 蘇臺秋思

白露爲霜涼意透桂魄晶瑩正照無眠候玉樹忽聞商女奏興亡祇有河山舊　客裏情慵如病酒紅褪荷衣蝶粉伶俜瘦楚尾吳頭分袂後白雲紅樹愁回首

唐多令 荷池

翠葉滿池塘，清風生夕涼，聽蟬鳴遶岸，垂楊落盡晚霞
明月上移花影到回廊　蓮粉褪紅妝花鬚浥露香折
長筒爲吸瓊漿夜永闌干人語靜魚戲水樂洋洋

前調　舟行

茅屋竹籬遮漁舠隱荻花滯征程雨細風斜搖櫓中流
容與甚危檣上有棲鴉　白露下蒼葭浮家更憶家只
河山風景殊佳省識滄桑無限感東逝水嘆年華

漁家傲　曉起

纔燼銀缸天就曉鸚哥架上催妝早排闥雙開庭院掃
晨光好園林近處聞啼鳥　紫陌黃塵臨曲沼鞭絲帽

影長安道芳草連天青未了登樓眺林花漸與鶯簧老

滿江紅 春景

春到天涯黃鶯囀聲聲如笛畫欄外幾番陰雨蝶飛無力簾幕留香濃不散林花帶霧開猶羃見綠楊三起又三眠連朝夕　岑雲重溪流急寒峭料風颸瑟乍萍池飄絮瓦檐乾滴惜別時吟春草句填詞未是生花筆敞軒楹如畫看山林高低碧

慶清朝 即事

瘦似黃花清於蕚綠長疏羅鳳釵鸞閉關幾經跋涉未釋征驂萬壑秋容未老吳江楓落露漙漙雲深處幾椽

草舍依倚林巒　心一箇分數箇鎮日縈繞著別憾多端堪憐流光若駛春去秋還檢點衣裳蓋篋緇塵污涴許多斑他年認雪鴻爪印曾度千山

長亭怨慢送別淮仙表妹

最難是相思真遇雨灑前汀櫬迴南浦乍洗征塵勸將卮酒正歡聚歷時曾幾都道得休言去去便有期時又豈應匆匆如許　遲汝縱陽關疊唱只管整裝無語門前路杳孰伴爾遠遊行住到彼處早寄書來趁今夕滔滔情愫再盼那西窗還話巴山夜雨

念奴嬌和夫子題照即次原韻

鷓鴣聲裏半陰晴正是黃梅時節百結柔腸難遣處自擘鸞牋申說檣影穿雲輪音震瓦記數前時別京華何在連天芳草堪怯　銷盡秋月春華江魚塞雁垂柳何堪折卓犖英姿還似昔文酒唱酬重疊萬里鵬摶青雲前導一片長安月他年衣錦高堂應慰華髮

水龍吟 秋興

畫檐鐵馬丁東金風乍起吹中霤層樓試望晴霞暮靄天然圖就霜染楓林雪飄荻港山川如繡正藥罏拋棄酒杯停得人容淡黃花瘦　休把雙眉攢皺儘登臨清風攜袖闌干倦倚尋思何限漸黃昏候桂魄徘徊羅雲

掩映長隄疏柳但高寒似此清秋景物饜詩情否

摸魚兒 秋日泛舟寒山寺

愛烟波輕舟初泛清光如對明鏡蘭橈穩度青楓岸剛好水平風定天半冷看幾點寒鴉樹上歸巢影前谿繫艇步梵宇琳宮莊嚴法相洗耳聽清磬 寒山子曾向人間駐景當初沒箇名姓山坳水涘遨遊處時發嘯歌吟詠頻喚醒塵世上熙來攘往諸凡聖山容漸暝乍佛閣蒲牢吼將日暮歸路發深省

前調 和夫子京寓寄憶郎次原韻

困人天午陰寒峭蟰蛸潛上朱戶蘭薰停炷金猊獸簾

外幾番梅雨春不住有遠訊郵筒宛轉懷歸語開函看
訴說旅夜無眠新詞有淚渾莫遣羈緒　雲鬟改秋月
春風似鶱修梧棲鳳天許龍門百尺昂然在清健不隨
時嫵君慎取名利地青蠅白日羣紛聚冲霄鶴翥便吉
羽長風九皋萬里海闊天空去

賀新涼　臺君和木盦兄公題仕女圖見示原調奉酬兼呈木盦

錦瑟音塵靜忒多情芙蓉城佳凡心未泯天許劉郎重
繾綣留與丹青畫本祗雲鬟依稀堪認鷓鴣聲聲冬青
茂更蘭蓀留得春暉永聊慰此莫悲哽　姮娥只憾青
天迥照人閒金猊寶鴨熖消香冷誄玉有情詩千卷環

珮歸時記省奈落月梁間俄頃贏得鸞膠今已續况織
縑咏絮才情敏休髣髴箇中影

椿蔭廬詞存終

温倩華 撰

黛吟樓遺稿

民國十年（一九二一）鉛印本

提要

温倩華《黛吟樓詞稿》

《黛吟樓詞稿》一卷，温倩華撰，與《黛吟樓詩稿》一卷、《黛吟樓文稿》一卷合刊爲《黛吟樓遺稿》，民國十年（一九二一）鉛印本。上海圖書館、復旦大學圖書館、華東師範大學圖書館、蘇州大學圖書館等有藏。《黛吟樓遺稿》封面由次庵曹銓題簽，内有辛酉秋日曹銓署耑。後有陳蝶仙之子陳小蝶所繪黛吟樓圖和民國四年秋九月惠麓溪山第一樓照片一幅。集前有陳蝶仙《重九雅集圖題詞》和《梁溪女士過温倩華小傳》，華重協、鄧楫、侯鴻鑑、陳國章、江瑩、陳翠等人爲之序，范君博、周拜花、邵於慶、易故吾、李曾廉、宋鴻鎮、陳承祖、陸婉怡、朱韻倩、汪瑞瑛、范冷芳等人題詞。集末附有《哀挽集》，有鄧鞫厂、孫蘇玉兩篇誄文，王紹曾、范廷銓、龔穀成、陳翠娜四篇祭文，陶壽頤、胡淇兩篇哀挽辭，侯鴻鑑、胡振初、吴蔭棠、胡介昌、江素瓊、李成基、温梅清等七篇挽詩，其他有嚴毓芬、嚴家鴻等人挽聯六十三幅。

温倩華（一八九六—一九二一），字佩萼，梁溪（今江蘇無錫）人。温榮鑣（字明遠）女孫，温汝弼（字雋生）女，母親胡氏，妹温梅清。一九一六年適同里過錫闓（暢侯）。「女士少穎慧，長習經史，博通有識。嗜詩詞，受業於陳蝶仙、鄧萴厂、嚴堯卿諸詞宗。」一六（侯鴻鑑《黛吟樓遺稿》序三）解吟詠，工書畫。民國初年蘇、滬、錫地報刊雜志，常載其作品。其性至孝，以母喪哀毀致疾而殁。詞作以表現閑情逸致爲主，獨抒性靈，兼有閨中淡淡的閑愁，另尚有一定比例的題畫詞，表現了詞人細膩敏鋭的文字表達力。與詩作以清新明快之基調爲主、幾乎不見愁鬱之作不同的是，詞作雖仍寫閑情，然平添一層愁緒。而無論是詩作還是詞作，整體上皆呈現出一種清新俊逸的風格。

辛酉秋日

黛唫廔遺稿

次庵曾銓署耑

黛吟樓圖

栩園先生令子小蝶擬作

初擬此圖，家君謂與實景不合，因復改作，前圖今並存之。陳蘧識

民國四年秋九月攝於惠麓谿山第一樓

重九雅集圖題詞

天虛我生

乙卯九日女弟子溫倩華君與其女友九人作重九雅集於惠麓之谿山第一樓圖成寄示於余索題詞並附小牋指示圖中人曰小亭中對坐敲棋者爲孫蘇玉婉如二君觀局者爲弱妹癯仙及孫葆如君倚欄者爲秦平蘊君花前擫笛者王世英君吹簫和之者爲鄒佩珊君把卷欲笑指點其圖中人者則江素瓊與倩華也圖景既佳人意亦復消灑雅懷清興想見其高爲製南仙呂入雙調一曲即用玉茗游園譜以便按拍倘使瓊簫玉笛采及新聲倚闌而歌敲棋作拍手此一卷以指其誤則此圖又可以作品曲圖觀矣

（步步嬌）最難得今朝無風雨小約尋芳侶楓落後雁來初一角秋山也添眉嫵安排下七香車向惠泉山結伴兒登高去

（醉扶歸）你看偏天涯只見些兒相思樹有多少離人感索居既不是渴文園病倒女相如趁芳時怎肯把韶光誤俺若替畫中人意細描摹則怕是其間也有離同處

（皂羅袍）有的寄興消閒棋局怕爭差一着易見贏輸旁觀煞費苦躊躇河山畢竟誰爲主花濃雲聚紅綃翠襦月明霜重冰肌玉膚仗秦簫細細地把秋心訴

（好姐姐）怕招呼是髫年弄玉他倚欄杆低頭不語問題糕詩句可吟成一半兒無愁憑據是西風短笛雙聲譜是夜雨秋鐙一卷書

（尾聲）殷勤指點勞吩咐莫認做了一幅湖樓請業圖則索把短曲題成休絮絮

梁谿女士過温倩華小傳　天虛我生

女士姓温氏字倩華一字佩蘅生有夙慧幼而能文年十八以詩爲贄問業於余時吾女翠娜年才十三酷嗜吟咏與有同好遂結金蘭之契故予稔其家世特詳曾祖諱慎庵世居梁谿一鄉之士皆稱善人祖諱榮鑣字明遠享高壽八十有二甫於昨歲庚申歸道山予輓聯中有云令子迺鄉賢羣孫有才媛蓋紀實也父汝弼字雋生母氏胡生女子子二人長卽倩華誕於丙申三月次字梅清小於倩華三歲今述行略乞予爲之傳者卽梅清也倩華歿於辛酉三月六

夜而其尊甫以書赴予乃在三日以後昔天寥道人喪其才女小鸞遲七日始殮蓋猶冀其復甦雋生遲四日而赴亦以爲其未必竟死也予時驚駭欲眩猶疑字句或訛反復迴環拭目諦視迺始泫然慟曰倩華死矣内子小女聞聲集詢予色慘沮哽不成言授書讀之則各涕下亦無能言蓋知人生有涯孰則永命彭殤一例祇在早遲間耳獨怪夢夢者天一再降凶於積善之家爲不可解去年冬明遠先生以壽考終天道猶其順也閲一月而胡夫人又棄養年四十有八論者已謂天道無知反餘慶而爲餘殃今迺殃

及女士之身夫豈積善之報耶然則反其道而行之
將使順天者亡天將以此勸人積不善耶無怪今世
之人倒行逆施者多而殃民害衆者之不即死矣女
士性至孝故受其祖父之愛最深事父母尤無所不
至丙辰之歲適同里過君暢侯而未敢遠其親迺築
室爲鄰通其堂奥晨昏定省無或失時榜其樓曰黛
吟遠挹惠山之翠近承重闈之歡雍雍睦睦固無異
於未嫁時也所著詩詞當以此時爲多文情由境遇
而勝遂無推敲郢斵之需純粹乃臻於極復以餘暇
習繪事力追南田得其神似己未歲贈予畫屛四幀

自書題句稱三絶焉今猶掛於東壁爲吾女翠吟樓上之珍品而孰意紙墨猶新音容已杳人亡物在哀感何如吾誠不能以言語形容矣夫以女子之身聿修四德淹通六藝亘古以來僂指可數惠班不過能文道韞不過能咏衞管獨工書畫朱李祗解詩詞若求備於一身且於醫卜星相之術無所不知九流三教之書無所不讀舍女士外吾未見其人也至若孝友無違凡爲人子人婦殆無不當如是正不必以家庭瑣事臚舉爲諛惟是女士生平初無疾病貌固清癯體原全健祗以疊遭大故痛徹心脾恐助臯魚之

慟罷誦蓼莪欲慰梁鴻之心仍操井臼泣吞聲而獨飲魂入夢而常驚於是骨出形銷藥店之龍雖在淚枯腸斷華表之鶴不歸每一念其劬恩悔百身之莫贖迺三春而未報致二豎之潛侵竟於母喪三月之內相從九京之下嗚呼天上團圞人間離別獨不念尊甫遭三代之喪夫婿抱百年之痛令妹非男況弱一個遺雛有子才及三齡竟使父哭其子夫哭其妻弟哭其兄兒哭其母人間至慘之事蒼天最酷之施寧有過於此耶吾誠無能舉一曠達之語以慰存歿之人矣今於三月二十二日舉殯就厝卜葬於某原

予與小女不敢臨哭助哀謹以濁酒濡墨爲文以祭
慮没世之不稱迺私謚而爲傳傳曰
孝淑女温氏爲梁谿士人過錫𣄃妻邁德高才並世
罕覯亦既有家不遠父母年二十六以母喪哀毁致
疾而殁遺著有詩文詞曲若干卷時在民國十年巳
無輶軒之制有司未請褒揚故其問業師天虚我生
爲之傳

序一　　　　　　華重協

疎香閣峻競秀鑪塘（顧文婉爲梁汾姊有疎香閣集）寸草心長嗣音蕩蕩（嚴藕漁女孫著寸心草）巾幗腐儒之卷拙老拈毫（孫曉霞有巾幗腐儒之句拙老人書爲横卷）桃花春水之吟愁人名集（龔鵑紅有永愁人集桃花春水漾零紅集中佳句）以及筠心松韻（筠心集楊夫人劉汝藻著松韻樓詩集顧嚳泉先生女慈著）綠梅紫藤（綠梅影樓詩詞集顧翎著紫蘿藤館詩章芝眉先生孫女著）莫不彤管摛華紅閨振采豈蓉湖十里慧嶺九峯秀靈清淑之氣獨鍾於女子歟則有黛吟樓主者雋生先生之長女鄉先輩明遠先生之女孫也族望高華門楣清綺名疑羅郁系溯庭雲淑質天成詩禮無須乎姆教慧根夙種珠璣獨愛

乎祖庭指霄漢以談天胸羅星斗就上池而飲水藥辨君臣徙以夙嗜詩書遂爾旁捐術數函裴瑇瑁礙菱鏡之安排筆架珊瑚嬾春山之描畫每當蝦簾曉卷猊鼎宵温凭兕檻嘲花倚闌問月或敲銅鉢笑催弱妹之詩（謂癯仙素瓊）或擘瓊牋遙和女兄之韻（謂陳翠娜女士）一篇跳出片紙風行（主人著作輒登報端）又復楊柳曉風譜減字偷聲之調臙脂贖水貌嫣紅姹紫之神是則古人之咏絮呪桃銘椒賦茗未足仿其萬一矣迨于歸滎陽郡也廚下調羹姑恩有曲房中奏樂聟水情深鄙時世之梳妝偏安荊布有文章之錦繡自勝綺羅銀鹿弄

兒方羨雙修福慧金萱失母遽摧一片心肝年逾花
風竟隨春去歌興薤露何處魂歸嗚呼女子多才定
受聰明之累天公慣例難回嫉妬之心悵環珮之無
聲幸琳琅之尚在搜將蠹篋恨賦江郎鈔得香奩泣
餘左妹得詩文詞二百餘首付彼手民壽諸梨棗先
求老輩加以鉛黃此一編也其爲漱玉集乎抑爲返
生香乎自有定評無勞饒舌回憶當年曾蒙主人贈
詩擬作門生之贄益增不佞之慚兹綴數言敢云喤
引秖懷昔誼聊攄哀思嗟乎脆草不春舜華易謝彩
雲散矣朝露信然迄今觀雅集圖中空留倩影主人曾以

重九雅集圖索題卽見贈一幀忍復過黛吟樓外憑弔詩魂

序二

鄧楫

九峯聳秀代產人文二泉鍾英世傳才淑莫不含清風之穆黄絹標辭寫春月之和烏絲譜曲從未有書之硯北盡金屋之奇才選入江東卽玉臺之新詠如女弟子黛吟樓稿者可謂播早歲之芳聲極才媛之韻事矣女弟姓温氏名倩華字佩萼同里雋生先生長女過子暢侯室也明月前身神仙眷屬值重闈之並健笑語晨昏繞小妹之多才時聯吟詠頌椒花於元日詠柳絮於風前色染丹青追步冰如之畫聲鏗

金玉濫觴淑真之詞德象修修詩公宮肄教韻繼河魴之什齋修季蘭之尸迨夫泮冰和同鼓瑟梁鴻既獨矜貞隱德曜亦早譽清新薰爐共香照鏡同影比劉剛之伉儷稱高柔之愛玩焉胡乃槿嗟日及淇泉嘆衛女之車萍感波流虀臼咽孝娥之水菱花缺月麝乳留香竟開薄命之花莫種長生之藥此暢侯之所以搜未灰之字定待輯之篇也歟僕玉局傳經金釵問字謬見推於馬齒嗟永睠於蛾眉鳳泊鸞飄雖容華其已謝金迷紙醉幸精魄之猶存聊爲喤引之聲用弁弦歌之集

序三　　　　侯鴻鑑

人生孰無死死莫不有憾沒世而名不稱君子且疾之矧在青年一旦長逝蘭摧玉折能無傷乎西城溫氏倩華女士之逝也以吟風詠絮之才有瘞玉埋香之戚鄰里親族同聲一哭女士之父雋生老友余二十年前至誼也女士少穎慧長習經史博通有識嗜詩詞受業於陳蝶仙鄧勣厂嚴堯卿諸詞宗歲己未授業於余競志女學以故得誦女士詩詞清才霏玉綺思疊錦越二一歲以疾卒遺稿若干卷雋生老友慟之甚寓書京師屬爲序余方以徐皖水災春明滯跡

愁添風雨夢杳筆花竊歎自古有才者每爲造物忌況以一弱女子而受教於諸名宿歷經薰陶鎔鑄之功始成俊逸清新之品他日鼓吹文學發揚國輝爲老大中國之閨閣人物一吐奇氣偕世界巾幗行並轡而爭譽也豈不偉哉顧女士乃懷瑾握瑜鬱鬱以沒其遺憾正無涯涘雖然十年遺墨一卷清詞俾今日新文化中之不櫛進士一讀之抑亦有惄然却步者乎從此湖山黯淡中永留茲寶光晶英使後之人一詠而三歎夫亦何憾之有郵寄故鄉即以慰雋生老友并以爲女士序

序四

陳國章

黛吟樓詩詞集梁溪温倩華女士之遺著也女士爲温雋生先生長女栩園先生弟子夙好吟咏慧質天成家學淵源復得良師誘導故其所作遂斐然成章卓然成家辛酉疾卒其遺著若干卷將輯而付梓吾知之竊有憾焉嘗聞女士書無不讀藝無不通夫以女子之身亘古以來解吟詠工書畫擅其一者即稱才媛尚且僂指可計況在季世國學衰微而身通六藝德學兼備鬚眉中且不多得況巾幗乎是以竭女士之學闡幽彰微先覺覺人其有爲於藝苑正未可

以限量而乃僅以詩詞傳惜哉雖然文章憎命萬古同例世之懷才不遇湮沒而無聞者又不知凡幾今女士猶得刊其遺著挽末俗之頹風垂令名於千古殆亦不幸之幸乎然就詩論詩使天永其年則聰穎好學如女士罄其所長著爲詩詞他之日成績必炎炎詹詹蔚爲大觀豈僅此數卷已哉惜乎其終不可得睹也世之讀此集者或亦與吾具同慨夫

女士江　瑩

序五

嗚呼此佩姊遺著也佩姊歿已數閱月矣其詩若文固無恙也姊既捐珮之十日余哭之再且慟與姊聟

暢侯謀所以不朽者乃發篋得詩詞草一卷墨痕猶
涔涔濕不覺涕之何從曰天胡鍾其才而嗇其算耶
是可傷矣姊氏溫諱倩華字佩蘅與余爲中表女兄
弟生有夙慧好讀書尤耽閒靜居恆手一卷不稍稍
釋年十三辨四聲十六已嶄然見頭角益好讀唐宋
明清名公著作則效而和之出語驚其長者新清俊
逸獨寫性靈往往能發前人所未道風朝雨夕與之
所至援筆立就不自收拾也歲甲寅以詩受知錢塘
陳蝶仙先生與其女公子翠娜訂金蘭交以問學相
砥礪詩筒往復月必數數至詩境亦益高間習倚聲

每爲先生激賞又工駢儷及古文詞旁及繪事惟沾
五七字尤力詩成輒示余相酬答如影隨形未嘗一
日離性情氣誼稱芥珀焉每當綠窗倦繡擕手花前
或掐竹聯吟或擘箋賭韻冬則圍爐煑酒擊鉢催詩
踏雪題紅尋梅索笑幾不知人世間有離别恨者未
幾而余喪所天姊時時撫慰之甚至而不知姊之遽
然奄忽也悵觸前塵恍如隔世溯昔有清吾常閨秀
如紅蕉冷雲錦囊諸稿澹菊綠槐餐楓諸集其風雅
相同而天倫之樂重闈健在無逾姊者余方以爲姊
能得天獨厚不愧福慧雙修而不知蒼蒼者之不可

測有如是也嗚呼豈天之待遇才媛視爲和璧故曇花一現不容久滯塵寰耶然而酷矣回憶當年重九雅集繪圖徵題極一時之盛今則笑貌空懸音塵莫接香埋黄土永無相見之期所不朽者惟此一卷詩耳亟寫副本郵蝶仙先生鑒定讎校率書數語以志顛末亦聊以寄吾哀

序六　　女士陳　璻

夫驚才絶豔金鑾刊紫石之文逸思雕華玉臺著紅閨之什蓋山川間氣恆鍾鬱於婦人筆硯隨身乃造成爲博士豈獨香蘭醉草新詩傳白蠟之吟不關柳

絮因風妙語出青紗之幛蓋以心靈質慧雖欬吐亦化爲珠璣況夫骨玉肌冰斯毛羽益珍夫瓌琰黛吟樓詩草者温氏姊倩華遺著也裁花作骨鏤月成文藕思縈愁蕉心剝繭雲屏摺夢微聞迷迭之馨翠幙圍春暗濕桃花之雨遠山送翠逗入行間吟魂如絲裊來筆底幽花照鏡無其清芬流水鳴琴輸此俊逸黄絹幼婦尚書原是女流白雪郢人進士何妨不櫛況復柔資仁孝德性温懿舞萊子之衣歡生堂上聞樂姬之論化及鄰嫗蓋不徒人以詩傳而詩亦可藉人以聞矣何期嘔心促壽現比優曇抱膝閒吟倏成

薤露委芳魂於長夜落穠華於盛春謂天蓋高胡夢夢而若昏謂地蓋厚乃茫茫而易陷鮑子知我徒慨乎歸人元伯云亡疇與夫爲善逝者忽忽逐風雲而不還存者營營寄笑言而無地嗟夫琴絃永絕不聞流水之聲手澤尚新愁見簪花之格則披書於邑又豈獨才高天嫉之悲作序沾毫蓋不勝物在人亡之感矣

題詞一　集龔定庵句十首

范君博

坐耗蒼茫想依依燈火光江東謝道韞壽短苦心長
上云來日少來日故應難不駐驚鴻影何由生彩翰
螺髻鎖娉婷春愁喚不醒漫漫人鬼籙一粟夜燈青
端居媚幽獨秀句鐫春心寫上羅牋薄花寒恐不禁
不理傷心語先消萬古魂春空涼似水寂寞掩重門
妙心苦難住好夢最難留漠漠樓台隔涼花相對愁
苦說年華誤豈無紅淚痕千詩正珠玉贈與人間存
芳馨聞上帝猶夢憂患俱名姓在吾集何如鱗爪無
心緒每不竟心肝何清真松楸依在咫長作墓廬人

陳君虛且深淡宕生微吟想見明燈下甄蒐難爲心
遺集由栩園先生鑒定

題詞二　周拜花

小謫紅塵廿六年拈花解脱悟前緣蘭閨幸有知音
在傳誦千秋此一編

萼緑花殘小刼過蒼天從古忌才多可憐一片蓉湖
月猶爲詩人照黛螺

浣花紙寫玉臺詩妙句爭傳幼婦詞信説奇才天必
妬紅顔不見白頭時

題詞三　邵于慶

芙蓉湖畔黛吟樓月夜啼鵑百種愁留得一編遺集
在緣何慧福不雙修
麗句清詞亦可觀落花還共小詩寒劇憐從此香閨
晉擲碎瑤琴不再彈
能詩能畫女相如曾讀中原亘古書想是聰明都過
分故教瓊樹一時枯
南田筆意曾摹寫別有精微入奧堂寄語翠吟樓壁
上故人遺畫好珍藏
才華不減李清照境遇却非朱淑真也便九原埋沒
矣蒼天何事嫉斯人

哀音直上裂秋雲文社今孤娘子軍我亦栩園詩弟子同聲一哭感同羣

題詩四　易故吾

聰明容易損華年此意茫茫欲問天贏得文人齊惋惜嘔心餘墨賸殘編

詠絮清才付逝波有才無命柰天何劇憐夫壻營齋日空對遺編揾泪多

題詞五　李曾廉

恨我同門識面遲女士爲栩園先生遥從弟子廉亦附驥恨未謀面傳人賸有性靈詞女士著述豐富都性靈之作多才自古遭天妬悽絕當年絳帳

師

人去樓空夢亦空（女士歸過氏後築黛吟樓於無錫西郊吟詠其中）西歸底事太

匆匆劇憐奉倩傷神久讀到殘篇淚已紅

題詞六　　宋鴻鎮

予受業於栩園門下迄今數年同學二百餘人

女士十之二三而温女士爲首屈一指女士

温惠爲心孝謹成性工詩文詞畫習南田尤

能得其神似惜不永年已於民國十年三月

仙遊而年纔二十有六嗚乎栩園門下又弱

一个矣三載以來同學死者三人焉始則哭

於君劍秋繼則哭陳君言言今又哭女士矣夫文人招天忌若是之極吾誠百索莫解其故殆今世祇能有武夫噉飯處而無文人立足地耶抑武者可以興國而文者足以士家必使其鬱鬱以死爲快耶然則奚必生吾輩於今既生之矣又速其死可得謂有天理耶憒憒者天吾誠不知其其何心矣於陳二子逝世予均有詩以輓之今女士歿其胞妹梅清爲集遺稿付剞劂拜花周君來函徵題辭意至善也雖然微周君之徵予豈能默默無一

語耶女士生平栩師已爲立傳然予之所以爲是者蓋有所感而云云

黛吟樓稿尚遺存夢影先離倩女魂未識天心何太酷降凶偏又到才媛

詩摹温李畫南田婉約清新態色鮮絕妙填詞師漱玉可憐小妹爲新編

何須傳述乞褒揚詩卷常留姓氏香淑德清才誰得似傷心豈獨一荀郎

題詞七　陳承祖

清詞麗句必爲鄰一現曇花妙相身我亦栩園詩弟

子愧無形管爲揚芬
落鬟故黛愁夫婿吊夢歌離哭女兄悽絶眉山蘇小
妹爲編遺著已呑聲

題詞八　　女士陸婉怡

奇才從古遭天忌遺稿空留字字珠惆悵黛吟樓上
月宵來猶照落花枝
遺詩一讀幾低徊此是璇閨特異才廿四番風容易
過東皇何苦報花開

題詞九　　女士朱韻倩

畢竟天心最忌才促將鸞馭返瑤臺畫眉冷落張郎

筆檢點遺編未忍開
玉臺佳什知多少鏤月裁雲字字香今日芳魂渺何
處黛吟樓上冷斜陽
題詞十　　女士汪瑞瑛
蘭蕙凋明鏡風霜欺脆枝聰明原誤汝留此斷腸詩
斯人獨稱旨心跡比冰清天地埋憂畢空傳蔡琰名
題詞十一　　女士范冷芳
樓外月昏黃泥痕涴畫梁挑鐙讀遺集秋味黯然長
山色斂愁黛樓頭空斷魂斯人獨不見吟淡口脂痕

黛吟樓詩稿

錫山温倩華佩蕚

春日雜詩

料峭春寒二月中小桃花底掩銀櫳湘簾窣地無人捲放入一絲楊柳風

晩妝樓上獨凝眸心逐楊花過陌頭紅是斜陽青是草不分明處是春愁

萬千紅紫鬥繁華三月江南春事奢敢說兒家新富貴膽瓶供滿牡丹花

鴨爐香燼篆烟微落絮隨風入繡幃惱煞畫梁雙燕

子忍啣花片放春歸

困人天氣乍寒輕長日如年睡意生燕子不歸鶯不語隔牆偏有賣花聲

柳烟分綠上眉頭水皺山顰不自由已是閒愁愁未了又因風雨替花愁

檢點

一番微雨廿番風零落芳菲斷夢中檢點春愁消不盡薔薇新著一花紅

寄暢園

斜烟横霧舊樓臺野草閒花任意開贈個哀蟬話興

廢遙天笙鶴不歸來

寒山寺

斷垣荒井不勝秋寂寂寒山相對愁莫放鐘聲來夜半有人癡夢到孤舟

春日即景

好花開遍一園香小燕依人繞綠楊自拂春衫甘冷淡卻嫌花片惹衣裳

晝長閒啓綠窗紗小倚闌干數落花凝絕風前雙粉蝶又尋芳信過鄰家

漁燈

小舟深夜集溪河，明滅燈光映綠波。一片蕭蕭蘆葦裏，恰疑天上落星多。

病中

倦和花影慣登床，小疊羅衾透體涼。窗為風多常靜掩，藥因味苦怯先嘗。支離瘦骨慵欹枕，撩亂雲鬟不理妝。已分垂簾過三月，惱人無柰是春光。

經旬小病太無端，瘦盡腰肢帶眼寬。花事盡從愁裏過，月光羞向枕邊看。蠻牋記字眉生纈，粉管題詩腕尚酸。開到荼蘼天氣暖，春衫猶未試羅紈。

詠蟹

四風日日苦相催。猶傍江隈與水隈。料爾橫行無幾日。阿儂右手正持杯。

秋蟲

蕭條四壁浸秋聲。寶簟凄清夢未成。多少轆轤心底事。借他聊訴不平鳴。

秋夜

月扶花影上闌干。漠漠晴烟做夜寒。病後腰軀偏耐冷。薄羅衫子未嫌單。

淡雲微月兩朦朧。欹枕初驚一葉風。銀漢未斜人未寢。臥聽涼露滴梧桐。

辛亥革命事起九月十五日合家避至鄉間舟中即事

浮家別故園扁舟載明月楓樹一林霞蘆花兩岸雪
夜深人語稀橋陰櫓聲密同是淪落人都向下游發
村莊間有無水鷗時出沒鳥意自閒閒人心何惕惕
且自放愁懷一賞秋江色

惠山雜咏

春光明媚正晴佳綠滿香塍五里街選得良辰邀女伴踏青齊逞鳳頭鞋
衣裳斟酌入時無雲髻梳成綴寶珠且喜年來風俗

改出門無用侍兒扶
輕風拂拂動羅裾徐步香塵意自如行到泉亭無氣
力石欄小坐看金魚
百花香雜麝蘭香連袂偕來盡女郎畫得入時眉樣
好與他山色鬥新妝
如茵芳草襯芳蹤一路逶迤到九龍學得文明新態
度不將紈扇掩嬌容
生憎山路太縈紆珠汗盈盈濕繡襦省得登臨攜蠟
屐一枝甘蔗當人扶
白雲洞裏去求籤稽首蒲團禮拜虔要卜終身休與

咎肯將心事訴神仙。
阿儂幸未束雙趺。絶頂登臨瞰太湖。攜得玲瓏千里
鏡。不愁烟水兩模糊。
香車寶馬起香塵。報賽良辰值暮春。祇怪五陵年少
客。迎神不看看行人。
勝事由來此節場。傾城士女盡如狂。原來迎賽惟珠
玉。競說新添八寶箱。
威儀廟貌祀雙忠。難忘江淮保障功。兒女也知羞佞
賊。爭看鐵脚跪庭中。
紅塵隔斷最高層。雲起樓先捷足登。絶妙畫圖開遠

景太湖邊上月華升
宵來細雨溼櫻桃春漲新添綠半篙結伴黃公澗邊
去臥雲石上看飛濤
清泉來自龍山嘴流向蓉湖處處通誰買吳娘小游
艇行雲來去太悤悤
聽松亭內聽松床古跡猶留石一方祗笑游人頑似
石漪瀾堂上品茶忙

即事

庭院深深靜不譁綺窗終日學塗鴉琉璃硯匣珠簾
下吹滿一池楊柳花

春愁曲

桃花着雨胭脂透。六幅湘簾風裏皺。紅閨底事不成歡。多半腰肢爲春瘦。東風如剪拂簾鈎。只剪韶光不剪愁。寂寂房櫳人中酒。依依情緒燕登樓。樓頭楊柳凄然綠。鏡裏蛾眉遠山蹙。蛛網晴添織女絲。鮫綃夜染湘妃竹。惜春心事倩誰知。紅豆離離綴滿枝。一晌朦朧重記省。不知春去幾多時。

寄陳翠娜譜妹　時翠娜客鎮海雖得聯交猶未晤面

三生文字舊因緣。如許清才爾許年。我縱能詩慚畫虎。輸君早慧着鞭先。翠娜年甫十二暮雲春樹繫相思。正是江南花落時。惱煞關山太迢遞。伊人秋水識荆遲。
閨閣神交未易尋。緣聯文字最情深。海天浩渺三千里。何日相逢慰素心。
夢魂飛不到君家。海上仙居道路賒。省識芳容朔畫裏。一緘爲乞寄天涯。時欲索小影

四時閨詠和翠娜即次原韻

落花紅鬥夕陽酣。人立閒庭曲檻南。望見柳梢眉樣月。屈來纖指恰初三。
向晚荷風一院香。芭蕉簾外月初黄。螢鐙作隊勞相

引九曲橋邊來趁涼
吹笛何人夜倚樓思鄉有客正低頭秋窗偶寫黃花
影雁足燈添石腦油
雙籠翠袖蹙雙蛾欲訪梅花奈冷何消息忽聽癡婢
說南枝花比北枝多

前題再和翠娜

一天風雨打花梢庭院陰陰晝寂寥怪底日來消瘦
甚爲花愁損阿蠻腰
吹殘一曲紫雲簫小艳荷風上畫橋恰好晚涼新浴
後輕衫初換白生綃

良宵風月滿妝樓。生小閨中未解愁。短簡親修燈影畔。約他女伴賞中秋。

朔風吹雪響颼飀。斜倚熏籠坐小樓。皓腕一雙憐侍女。卻寒簾下替梳頭。

附翠娜原作

滿園春色正沈酣。小鼎焚香試海南。落盡桃花飛盡絮。牡丹風裏過重三。

菡萏花開水亦香。畫廊深處月昏黃。憑闌幾個人如畫。小扇輕羅挹晚涼。

晚妝人在曝衣樓。捲起珠簾正挽頭。不是西風

透消息綠鬟人試木犀油

細數歸期皺黛蛾故園風物近如何窗前一本

寒梅樹今歲花開多不多

又

瞞人疏雨濕花梢簾幕春燈伴寂寥夜冷欲添

羅半臂繡襟不稱小蠻腰

幽篁深處獨吹簫月色斜臨廿四橋一片芰荷

香不斷畫裙風颭薄冰綃

晚來新雁過妝樓涼月如鈎起遠愁回首鄉關

何處是白雲黃葉畫中秋

漠漠寒雲壓翠樓滿庭松竹響颼飀夜來一陣
蕭蕭雪紅樹青山盡白頭
淡月昏黄掛柳梢黄鶯飛起柳枝搖臨波小影
閑相照迤逗春雲上細腰
誰家庭院夜吹簫風送荷香度曲橋一角小亭
花四面玲瓏窗子罥鮫綃
梧桐陰底獨憑樓掐損闌干記舊愁一夜寒蛩
啼不了木樨香裏過中秋
北風吹葉響颼飀千樹寒梅繞畫樓雪壓闌干
花壓雪水晶簾底正梳頭

吳燧榮世兄花燭詞　琴秋世姊屬擬

銀鐙寶炬映窗紗。如繡珍珠簇鬢鴉。曲曲洞房香似海。萬重春護合歡花。

雙聲絳樹唱迴波。消受閨房樂事多。簾外好山青入畫。眉圖新樣畫雙蛾。

徘徊卻扇認丰神。香散流蘇寶帳春。何必風流羨京兆。知君也是畫眉人。

春風簾幕四和香。海水應添玉漏長。開得自由花並蒂。神仙不羨羨鴛鴦。

寄懷江素琼表妹

年時勞燕各西東似隔雲山幾萬重一樣芳心無處訴落花庭院又東風

露涼風靜月明時無限離情繫我思最憶蕉窗風雨夜夜深燒燭共論詩

無端小別又經年開盡梅花雪滿天爲問謝家妝閣裏可因風絮擘吟箋

茗椀爐香伴索居遣愁賴有一編書勸君莫惜如金墨貽我故人雙鯉魚

附素瓊見酬之作

幽居日日盼鱗鴻咫尺迢遥夢不通幾許離情

無着處併成千疊貯詩筒。
梅花風裏雪飛時。貽我瑤華慰遠思。深羨聰明
酬素志。從今不負苦吟詩。
閨閣新聯翰墨緣。惺惺相惜倍相憐。同心絕似
隄邊柳。兩地情懷一例牽。
寸箋檢點付雙魚。且向妝臺問起居。無賴寒風
催凍早。嬾開妝鏡嬾修書。

聞翠娜臥病以詩代簡

予懷渺渺正思君。一紙瑤華下碧雲。驚說纏綿春病
久。腰圍不稱舊羅裙。

花落閒庭春思多，幽人心緒近如何。藥爐烟裏情應懶，莫是詩魔作病魔。

春人底事病春深，惹我天涯繫遠心。好把彩毫收拾起，由來辛苦爲長吟。

料應消瘦減容光，懶向窗前理曉妝。爲祝東風吹病去，一齊散入落花香。

附翠娜見酬之作

小園獨步日思君，春樹迷茫隔暮雲。幾處夕陽芳草地，却邀釆伴約湔裙。

寂寞空庭花落多，不知春色近如何。綠窗夜靜

天如水小爇龍團遣睡魔
迢迢地角繫情深片紙雙魚慰素心日日小樓
燈影裏玲瓏窗底學長吟
珠簾玉箔逗晴光寶髻偏斜未曉妝楊柳也如
人病久倚闌消受藕花香

代人挽友

絶代才華七尺身如何天竟喪斯人讀書未展青雲
志屬纊何堪白髮親半世雄懷成泡影十年交誼等
浮塵撫琴一哭知音少流水高山倍愴神
硯席同參砥礪功不堪回首昔年中算來此去成長

別未必他生得再逢落月梁間思渺渺修文樓上夢忽忽暮雲春樹人何處簾外花枝慘不紅

消夏雜詩

荷香一縷曉風吹槐院陰濃日上遲小立閒庭無個事花間細數露珠兒

拋書人倦晝如年金鴨香消斷續烟八尺桃笙涼似水梨雲一枕夢游仙

自將冰剪鏤銀瓜細碎花痕暈綠華豔說海棠紅燭照此燈應合照蓮花

一彎眉月上梧桐散盡餘霞一抹紅人意最佳新浴

後輕衫小立藕花風
簾篩碎月一天涼小憩籐牀覺夢長睡起忽驚枕函
馥鬢邊新墮夜來香
晚風庭院納涼時戲撲流螢繞短籬生小情懷猶未
減阿娘嗔說太嬌癡
一服清涼沁齒牙銀刀細剖綠沈瓜午窗寂靜無聊
賴小注清泉學灌花
日長心事付棋枰一局敲殘夕照明悄立桐陰負雙
手閒中靜聽亂蟬聲
明湖十里波如鏡雙槳臨流俗慮空羡煞採蓮人說

道兒家却住藕花中

附翠娜和作

飛花飛絮任風吹夏日初長曉起遲蝴蝶已隨春去久玉堦閒煞雪猧兒

銀箏雁柱數華年樓上湘簾捲暮烟薰了爐香停了繡鴛鴦雖好不如仙

透薄紗幃繡月華水晶窗裏剖銀瓜憑誰點綴丹青筆開遍一池紅藕花

轆轤金井傍梧桐落日朱樓染古紅六幅湘簾剛捲起吟秋人倚畫屏風

半臂鮫綃襲嫩涼月明時節愛憑廊玉肌新撲蓮房粉難怪薔薇花不香

半畝芳塘雨過時莓苔沿綠上疎籬蜘蛛獨自添情網一半聰明一半癡

面池亭內罷棋枰女伴開簾放月明十丈平橋低壓水畫船三五起簫聲

萬軸書籤記象牙冰盆注水夜浮瓜雛鬟索寫新紈扇一面題詩一面花

鄰家吹出參差玉一縷晴絲裊碧空小雨初收天欲暮洞門如月綠烟中

春風

垂楊拂拂傍簷牙，小倚迴廊墮鬢鴉。愁裏光陰風蝶亂，畫中城郭紙鳶斜。欲憑小扇兜飛絮，故倩游絲網落花。每到晚來偏料峭，薄寒偷入碧窗紗。

春雨

細雨春燈伴寂寥，小樓深夜聽瀟瀟。横烟不展山顰黛，壓力難禁柳折腰。芳草王孫迷去路，杏花消息問明朝。子規聲裏憑樓望，畫出江南十五橋。

春陰

輕陰借得護羣芳，不枉虔心上緑章。疑雨疑晴渾莫定。作寒作暖費商量。花籠薄霧生嬌暈。柳帶疏烟學舞忙。屈指韶華將九十。東皇着意釀春光。

春晴

暖風撲面開新霽。啼鳥關心報嫩晴。一路遠山螺黛好。六橋春市馬蹄輕。畫船穩泛桃花水。繡陌閒聽柳浪鶯。多少踏青人似織。衣香花氣不分明。

和孫蘇玉前輩詠荷十二首

憶荷

尋芳春泛木蘭舟。十里銀塘記舊游。翠蓋紅衣何處是。滿湖烟水冷於秋。

訪荷

玉箔珠簾漾嫩晴。畫船齊趁曉風清。訪花載酒人多少。斷續時聞打槳聲。

賞荷

瀉珠曳玉雨餘天。浴出蓮花分外妍。十二碧闌人倚徧。夜涼如水月如烟。

採荷

看花小步傍汀洲。風送輕涼氣似秋。一縷歌聲何處起。垂髫人放采蓮舟。

供荷

移來消暑破煩中。月佩霞裾漾暖風。位置膽瓶三十。六葉。宜深翠蕊。宜紅。

詠荷

亭亭出水欲凌霞。君子高風非浪誇。誰擅江郎一枝筆。吟將妙句贈名花。

寫荷

逃出華嚴仗筆端。生香活色墨初乾。炎涼態度原如此。付與蜻蜓側目看。

繡荷

夜來才調擅奇新。素手纖纖擘綫勻。不怕秋風再相

妒生綃一幅駐丰神

問荷

綠波如鏡認前身可自泥塗識宿因千古知音除茂叔阿誰珍重體芳心

紅荷

美人打槳入花叢人面花容各自紅最是晚霞籠罩處萬枝門豔夕陽中

白荷

縞衣素袂淡丰神微步淩波絶點塵豈是芳心表高潔水雲鄉合住仙人

殘荷

一天涼露下銀塘，卸盡殘妝褪盡香。颯颯金風秋意動，那堪吹送到蓮房。

綺塍街閒步偶成

桃花無主任春風，狼藉繁華淺草中。却怪遊人歸思急，馬蹄隨處踏殘紅。

春寒

疏雨留寒濕畫櫳，濃霧留影鏡屏中。東皇密意無人識，祇怪桃花不敢紅。

晚窗即事

蠟燈紅透晚窗紗低捲羅幃屈戌斜底事夜長人不寐半爲明月半爲花

七夕

鈿盒蛛絲宛轉思穿針樓上月斜時雙星不是銀河隔誰信仙家有別離

雲軿雙駕鵲橋邊今夕天心略破慳離別時多歡會少漫言天上勝人間

一年一度慰相思個裏情懷鵲不知纔把離愁消一點曉風殘月又將離

盈盈帶水未能塡秋以爲期又一年兒女聰明還乞

巧誰知愚不過神仙

秋宵

金風瑟瑟下梧桐滿貯秋聲小院中愛看疏星度河
漢夜涼還倚錦屏風
一帶簾波起縠紋晚風如剪剪羅雲桂庭露重天如
水人立花陰濕畫裙

夏日偶成

滿沼荷香托暮雲水晶簾幕逗斜曛臨池不禁嫣然
笑雪樣柔頤印簟紋
畫欄小倚看紅芙水榭輕涼透薄襦女伴嬌憨鬧指

問臉霞得似此花無

高柳陰中噪亂蟬池塘雨過薄涼天調冰削藕無情思偏有吳娃唱采蓮

碧天無際晚霞收倒映銀塘月似鈎十萬轉盤珠不定荷花荷葉各爭秋

早秋即事

一夜蕭蕭雨金風剪殘暑池荷報秋來葉葉作愁語

冬閨

小窗倦繡唾香絨自捲羅幃出畫櫳雙頰斷紅渾不管玉樓高處聽松風

消寒雅會鬥尖叉凍合遙天雪意賒畢竟聰明推小妹詩情清過白梅花

林開雪霽曉烟輕踏雪尋梅約伴行一路低頭看屐齒是誰印得最分明

日影穿簾淡欲無綺窗呵手細研朱胭脂不注沈檀顆填入消寒第九圖

春暮即事

細雨如絲濕軟塵落紅庭院正深春湘簾窣地無人捲一任呢喃燕子嗔

綠染簾旌春去久日長翻少繡工夫荼蘼開後鶯聲

老閒向苔堦弄玉奴

薄游溪山第一樓偶作

好山一角罨樓臺小榭文窗壓水開何處衣香吹不斷美人柳外看花來

落花

幾聲啼宇一春終庭院深深葬落紅晚泣斜陽朝泣露願隨流水怕隨風拈來因果愁難數老去容顏色即空可囑奚奴勤掃取莫教零亂辱泥中

闌珊改盡舊丰姿鳳泊鸞飄别故枝飛向誰家春寂寂却依芳草意遲遲夜來風雨愁無那門外天涯夢

不知輸與楊花遭際好扶搖偏有入雲時
無言凝淚落毿毿殘豔何勞燕子含都作旅行向天
末那禁回首望江南纖除綺障三生業夢醒繁華一
現曇等是有家歸未得樹猶如此客何堪
强隨柳絮舞高低身世飄零不忍提香夢偶因胡蝶
戀斷魂生怕杜鵑啼勾留豔迹憑蛛網狠藉春痕付
馬蹄寄語東風須着力莫教墮溷莫沾泥
小謫塵寰誤轉胎難從青帝返瑤臺文章水面知誰
識禍福天心費我猜一別已看花事了再來須待好
春回相逢終有分離日應悔當初羯鼓催

沒人庭院易黃昏，芳草斜陽靜閉門。滿地殘紅人獨立，一簾新綠鳥無言。三千粉黛春如夢，十二闌干月有痕。極目天涯腸欲斷，只餘楊柳自成村。

由來薄命是前因，歷刼年年逐溷茵。猶有色香何忍掃，便無風雨也成塵。一生開謝誰爲主，兩字飄零欲問春。絕代容華衰落盡，捲簾愁煞倚欄人。

邱遲文采不須論，禪榻茶煙晝掩門。芝蓋空勞宮女望，畫樓淒斷美人魂。曉風殘月迷離迹，細雨疏煙黯淡痕。願乞金鈴逾十萬，護他色相永留存。

消寒詞和素琼郎次原韻

拈毫呵凍詠香奩詩債重爲結社添庭外白梅花似海鶴吹香雪入風簾

銀燈影裏捲鮫紗細品葡萄酒當茶燼了爐香薰了被夜深和月夢梅花

煑酒飛箋約賞梅紅樓恰好傍林隈怯寒鸚鵡還饒舌道有幽人踏雪來

繡窗閒煞玉丫叉不卷羅帷暖意賒自撥紅爐添獸炭一甌雪水煑梅花

香雪隨風點繡襟凭闌小立覺寒深戲敲冰筋落簷際仙鶴一雙飛入林

愛取連環印篆烟薰籠且讓玉猧眠晶盌滿貯玲瓏石呵手寒窗種水仙

附原作

懶試晨妝不啓奩薰爐自把麝炱添鸚哥愛管人閒事數說癡鬟未卷簾

蠟梅香味透窗紗籠月籠烟正煑茶不問寒松與修竹夜來都變白茶花

晴雪園林約探梅屐痕笻印滿山隈未知誰學林和靖獨自行吟一度來

迎寒枯樹自枒义水角山腰雪意賒驛使獨傳春

信到却寒簾外贈梅花

凭樓雲氣撲衣襟漠漠濃陰小院深知是夜來天
欲雪噪寒鴉雀集疎林
樓閣高寒月化煙夜長多分不成眠未妨鶴步梅
林下來訪羅浮萼綠仙

春病

病裏生涯寂幽居俗事疎窗扃花氣隔風靜藥香餘
腰軟疑中酒心慵怕讀書憶春問小妹消息近何如

病起遣懷

茶爐茗碗伴清癯長日如年一事無顰黛自憐烟柳

瘦卷簾人笑落花映薰風池館荷錢長疎雨苔堦草色無添個病春人獨立綠陰滿院聽啼鴂

乙卯三月十四記盛

錫俗是日爲賽會之期每至通宵達旦畫舫如雲河爲之塞誠盛事也

珠簾十里卷春風士女如雲踏軟紅寶馬香車行不得樓船齊泊畫橋東

結隊游人趁落暉一般新試碧羅衣綺塍隨處停芳屐要待更深踏月歸

華燈寶月好良宵夾岸垂楊繫畫橈載得名花兼載酒淺斟低唱殼魂銷

四圍人語靜無譁。一串珠喉繞碧霞。最是更闌燈炧候。滿船明月聽琵琶。

瓔珞琉璃百盞明。繡旛寶蓋翠雲旌。晚風陌上人多少。着意金鑼第幾聲。鑼鳴十三下者必有燈亭或燈塔

花氣芸香裊碧虛。莊嚴寶相是神輿。殷勤合掌還回首。笑說儂家習未除。

畫船簫鼓鬧芳塘。羅幕重重捲夕陽。鏡水黛山春欲笑。窺簾來助美人妝。

選舞徵歌興太奢。新河山比舊繁華。便宜拾翠尋春客。看遍溪谿一路花。光復後賽會之風頓寂至今歲又大盛

落花

東風誤嫁負華年。粉涴香殘劇可憐。聲細不驚胡蝶。夢魂銷又屈鷓鴣天。繁華惆悵終成幻。身世飄零易化烟。芳草斜陽愁欲絶。只餘紅淚鬬春妍。

九春吟應華西洲先生徵

春望

鞭絲帽影畫圖中。勝日登臨眼界空。春滿湖山誰管領。問他閱盡幾英雄。

春感

破碎河山花濺淚。遷移風物客驚心。傷春意緒人無

那朗抱無端悵不禁

春怨

梨花滿地閉重門銀燭高燒濺淚痕何處笛聲怨楊柳惱人容易又黄昏

春愁

濁酒難澆碎玉甌垂楊風裏怕登樓綠波南浦人千里不是銷魂也是愁

春恨

好花開不到春終世事滄桑色即空恨雨顰烟無可奈拚教鸚鵡咒東風

春情

卷簾指點玉腰奴。花底雙飛影不孤。繡譜新添圖樣好。柔懷一片未能無。

春夢

一天花氣蝶眠香。烟鎖欄干睡海棠。打起黄鶯春寂寂。有人綺夢到遼陽。

春思

紙鳶風裏憶芳華。料得春光到杏花。屈指禁煙時節近。天涯無客不思家。

春慵

懨懨情緒舊曾諳。醉入梨雲午夢酣。楊柳也如人意嬾。三眠三起學春蠶。

春雪

迷斷前村賣酒家。春城入望白無涯。遙知驢背尋詩客。不看梅花看杏花。

春雲

掃來石磴潤生烟。擘絮團風出岫妍。爲雨爲霖隨意釀。養花心事正綿綿。

春月

停琴滅燭愛清光。院落溶溶夜未央。底事惱人眠不得。起看花影欲飛觴。

春雨

好春如夢落江南。一帶遥山失翠嵐。昨夜樓頭聽未了。曉來猶溼賣花籃。

春韭

一畦春雨剪新芽。品擬秋菘味足誇。此日山家來遠客。盤餐香飯佐松花。

春草

瀛洲已綠望迢迢。舊日燒痕半未消。好待踏青人出郭。東風一碧繞裙腰。

春鳩

催耕處處警農心。野老應多奉作箴。喚雨喚晴都着意。連朝知否落花深。

春雁

啼雲唳月過瀟湘。燕子來時別緒長。結陣東風歸意急。南飛莫是到衡陽。

春徑

閒隨蛺蝶覓春華。小徑行行忘日斜。一路牽衣猜伴侶。不知却是刺藤花。

題墨緣叢錄應王璞山先生屬

天壤才華一例搜蘭亭高會集名流題簽合重三公
位覓句應登四望樓枌社因緣聯翰墨輞川圖稿入
吟謳料知如意敲殘後斫地狂歌盡一甌
洛陽紙貴已多時盥手薔薇一誦之戛玉敲金名士
筆曉風殘月女郎詞抽來翰藻千重錦織到迴文五
色絲儂愧無才兼不學心香一瓣寄遐思

素琼妹見示和其師華西洲先生消夏十八首

次韻和之

雨餘翠蓋萬珠傾水色山光分外明一自荷花生日
近畫船不斷管絃聲

四圍花氣撲簾來茉莉珠蘭次第開一局棋殘天欲
暮曉霞如錦罨樓臺
臥聽瑱玗曳韻聲摘來蕉葉當桃笙冰肌玉骨原無
汗一枕游仙夢亦清
佩得奇香號辟邪繫來縷縷絲絲斜乘涼三兩人如
畫一角紅樓倚斷霞
棋槍細品覺風生小扇輕羅意嬾擎翻遍名人詩冊
子兒家端合效飛卿
沉李浮瓜不用謀迎涼且倚竹邊樓晚來一棹清溪
去明月煙波作勝游

花外人來唱採蓮
冰綃新染水痕鮮
一聲欸乃幽篁裏
驚起鴛鴦破碧煙

蓮花蓮葉望迢迢
轉過橫塘又畫橋
幾樹垂楊萬竿竹
誰家樓閣出林梢

山嵐欲滴翠橫空
雨後花光半淡濃
小坐荷亭香似海
月華如繡上簾櫳

細尋詩味靜於僧
如此蕭閒得未曾
小妹多情更多事
銀瓜替鏤讀書燈

碧筒杯子最瓏玲
坐月飛觴到水亭
薄醉當風人意懶
斜憑竹榻看疏星

清談揮麈意如仙。微月輕雲雨過天。最是雅人情致好。水晶簾底夜調絃。

悄向桐陰待月華。如烟輕露潤鮫紗。玉簫吹罷閒無事。數徧枝頭茉莉花。

銀漢橫斜獨自看。滿身清露倚欄干。穿簾月影涼於水。一襲輕綃覺嫩寒。

午轉槐陰夢覺纔。調冰削藕解幽懷。水沈烟裏薰香坐。閒把黃庭一卷開。

宵來疎雨暗生秋。起向窗前放玉鈎。六幅湘簾遮不住。新涼飛上水邊樓。

風荷戰葉也蕭蕭，疏韻聲中掩畫寮。底事撩人清不寐，預將秋思遞芭蕉。

一天雨意潤莓苔，却好荷亭罷宴回。忽覺仙仙羅袂舉，片雲如墨挾風來。

素瓊原作

芳塘荷葉半斜傾，雨過紅霞照眼明。小艇采蓮人去遠，隔花猶聽棹歌聲。

荷香時襲晚風來，水閣文窗四面開。新月似憐人寂寞，故移花影上樓臺。

疏雨敲窗瑟瑟聲，薄涼如水浸桃笙。無聊吟就

新詩句心與蓮花一樣清
細印心香和辟邪晚風輕漾篆烟斜鸚哥預識
來朝熱報道天邊有斷霞
小立風前逸致生畫紈嬌稱玉纖擎凭闌指點
荷花笑不染汙泥最羨卿
欲避炎威到處謀忍拋書卷下朱樓采蓮約得
蘭閨伴一棹輕舟逐水游
銀塘十頃種紅蓮出水嫣然暈露鮮一望田田
渺無際翠烟籠葉葉籠烟
敲殘一局夜迢迢爲挹新涼過畫橋幾處月明

芳草地桐陰密密壓花梢
碧天如水漾庭空蓮漏頻催夜氣濃換得輕羅
衣疊雪滿身花影坐簾櫳
蕭閒休羨定中僧每到尋詩我亦曾試罷蘭湯
無個事烏絲自界對銀燈
風敲檐馬響玎玲一綫新涼入小亭簾內紅燈
上來早半疑螢火半疑星
北窗幽夢小游仙夕照樓臺欲暮天添炷爐香
攜綠綺幽篁深處學調絃
蟬噪庭槐月未華晚涼天氣對窗紗臨池學畫

鴛鴦稿點綴還須紅藕花
手把新書意嬾看破雲新月上欄干人間難覓
清涼地羨煞姮娥住廣寒
雪藕冰瓜手剖纔碧筒深注破愁懷拚教吸盡
梨花釀一醉臨風百慮開
涼生細雨夏疑秋一桁湘簾正上鉤別有畫情
詩景在吹簫人倚小紅樓
珠簾風揭響瀟瀟一縷爐烟出畫寮却笑迷離
香夢覺錯疑微雨戰芭蕉
一天涼露潤蒼苔響屧廊邊散步回花影也隨

明月轉别開生面上簾來

曉妝詞

夢斷梨雲寶鏡開自憐顔色展雙回眉圖評遍横烟好笑對春山學畫來

蓉湖書所見

鬧紅一舸是誰家面面玻窗倚落霞中有垂髫人似畫銀燈影裏弄箏琵

于歸之夕素瓊見示贈别四章倚韻奉和時别緒滿懷工拙不計也

萍蹤聚散本前因别淚無端已滿巾姊妹家庭同作

客女兒身世不由人連宵絮語三生石明日花朝雨
地春縱有桃潭千尺水也應難浣別愁新
鸞箋勞汝寫相思紅豆東風絕妙詞欲報瓊瑤留記
念爲斟琥珀慰將離任教酒盡情難盡莫遣魚遲鴈
也遲惆悵湔裙好天氣踏青南陌負芳時
嚴妝端整上蘭舟柳色淒然到陌頭雙槳來時鄉夢
斷一襟分處酒痕留青鸞有信勞夫馬靈鵲無端渡
女牛料汝多情憐小妹不妨移住黛吟樓
漫言徐淑配秦嘉定省晨昏願已差香篆碧烟書囍
字燭收紅淚綻雙花算來此別難爲別道是離家卻

有家爲博重幃開笑口自題詩句付箏琵

附原作

丙辰花朝前一日佩姊于歸賦此贈别兼以

奉賀

繡閣華堂萬象新二分春色正芳辰雲牋寫意

酬知己花鳥含歡送主人舊日鴛鴦羞學畫者

番鸞鳳喜相親綺筵聊當離筵設不唱陽關怕

愴神

驪歌改唱合歡詞强忍離懷笑我癡絶世聰明

推獨秀謝家才調重當時添妝韻事書千卷賦

茗風流筆一枝折得河亭新柳贈好教依樣畫
眉兒

萬花扶上木蘭舟福慧雙修信有由一路春山
齊帶笑兩隄烟柳也低頭綠波南浦含情別紅
豆東風並蒂收願祝恩情深似海爲君洗盡樹
雲愁

鸞笙象管五雲車相送仙人萼綠華畫燭雙燒
迎寶月迴波一曲醉流霞紅絲綰就同心結彩
筆填成解語花眷屬神仙誰得似天教徐淑配
秦嘉

村行口占

山村風物帶烟霞，曲水灣環繞郭斜。絶妙武陵圖一幅，家家門巷有桃花。

重過蘇州感賦

十年不到金閶路，此日重來一惘然。說與同行諸女伴，繁華雖好不如前。

寒山烟水望迢迢，古塔撐雲太寂寥。猶憶當年寒食節，輕舟載雨過楓橋。

七里山塘冷畫船，垂楊垂柳儘纏綿。館娃遺跡無人問，獨讓山花自在妍。

劉家園子此重過古樹奇峯繡薜蘿又把滄桑經一度水邊臺榭占秋多

新閨詞

朝霞如錦罩晴窗人坐春風理曉妝挽就鴛鴦新様髻白蘭花朶也成雙

短袖羅衫妙入時箇儂心性最嬌癡雙擎皓腕明於雪笑向檀奴索釧兒

海棠花露染胭脂細界朱闌六格絲十幅愛情新畫片泥郎題遍豔情詩

小庭一角繡春華移碧栽紅樂事賒別有傷懷誰解

得璇閨種遍憶儂花

綠陰如水晝偏長靜日簾櫳理繡忙不繡尋常花與鳥買絲親自繡檀郎

天際紅樓靄暮霞憑闌招手繡巾斜輕風似妒人顏色吹落團肩綴結花

促坐涼亭倚石欄碧紗如雪耐人看浮瓜沈李嫌多事笑折荷筩飲荷蘭

好風多處晚來涼解暑還添花露香今夜紗幮無月影電燈如雪照銅床

夏日臥病

暫拋書卷倚匡牀。靜裏。偏知。夏日。長。竹簟。涼生。蕉葉。夢。藥爐。烟。和。藕花。香。沉沉簾影消。清晝。嘒嘒蟬聲送。夕陽。無奈病魔驅不得。祇餘心事惜流光。

小疾既瘳漫成一律

攬鏡。初驚退臉霞。强扶小婢步夭斜。籐牀。一枕涼於。水。荷葉。半池香。勝花。藥盞茶鐺新避債。詩筒畫卷舊生涯。病餘意緒蕭閒甚。臥對湘簾弄月華。

次韻和翠娜却寄

初試新妝似畫圖。迴腸九轉別情。劬。蓉湖。回首迷雲。樹。况是。泉唐。西子。湖。

庭前舞綵已成非紅淚偷彈溼繡衣儂自含顰人自喜羞聞吉語賀雙飛

塵生筆硯久慵疎一點秋心未易摹豈爲柔情拋翰墨調羹初學費工夫

畫閣珠簾清晝永擘箋試和女相如阿儂逸事君知否居處依然是小姑

郊外閒步

雨過芳郊溼踏春攜屐行四山青入畫衆樹綠成城岸柳緣溪曲野花沿路生東風聽喚鳥多半不知名

輓周母王運新夫人

當年視斂泣邪衾。八十華年付苦吟。撒手塵緣歸去也。閭閻寶婺愴星沈。

此去蓬萊便是家。月圓時候返雲車。機聲燈影渾如夢。痛煞雙枝姊妹花。

掌上偏擎記事珠。詞華人羡女相如。十章小傳金箱蓄。憔悴芳心下筆初。令媛周繡輝女士作傳

珂鄉天授著光榮。教育猶留歿世名。我悵無緣親淑範。聊歌薤露當班荊。

錫城策禦圖題辭小序略

重光漢土胡塵滌。歌舞承平久亡感。無端袁氏竊國

權義軍四起馳兵檄一朝鐵騎來澄江進窺下邑人惶惶夜未闌兮絕行旅戒嚴村僻驚吠尨梨花莊前動鼙鼓鋒鏑橫飛雜風雨殺氣如雲捲地來人民竄匿爭號苦邑宰王君膽氣橫輕裘緩帶揮戈兵十三僚佐屹扶峙乃策乃禦輸精誠犒師清俸作士氣貔貅歡騰一車穀危城斗大卒瓦全一時歌頌聲如沸欣看圍解凱歌旋託記新圖象列賢卓卓風姿垂萬古丹青聊當畫凌煙吁嗟乎戰雲回首猶餘慄而今歌舞仍如昔諸公偉績邁劉王（謂劉五緯王其勤二公皆吾邑之賢宰）題詩愧乏生花筆

壽李母陶太夫人七十　代人

閨閣儀型式後人，天教壽與德同臻。齊眉舉案高風繼，封股療親至性真。白首持家誇老健，紅羊歷劫溯前塵。稱觴喜進長春酒，應見蒼顏醉態新。

設帨陽春十月天，稀齡清福正綿綿。兒孫繞膝扶鳩杖，松柏凌霄比鶴年。悟徹塵因參古佛，老能矍鑠自飛仙。我來祝嘏無他頌，賦獻南山介壽篇。

壽范寅伯先生六十

春滿華堂敞壽筵，先生醉態亦陶然。當年閱歷悲歡境，此日消遙自在天。兩度滄桑逢六十，盈門桃李列

三千稱觴只少掀髯趣繞膝兒孫個個賢
鸚鵡洲前擅令名倦游歸棹一身輕放懷詩酒娛清
福嘯傲湖山養性情海屋添籌人介壽岡陵獻頌祝
長生林泉好享期頤樂會見遐齡繼老彭

愛儷園即景倚韻和翠娜

夾道清陰不染塵繁花如錦草如茵我來爲作尋幽
客消受名園半日春
雲影波光罨畫屏面池亭榭屐痕稀忘機鷗鳥閒無
事不避生人立釣磯
小徑羊腸曲曲通花香如海膩春風綠天深處闌干

亞漏出珊瑚一抹紅
一溪軟水漾晴霞垂柳垂楊四面遮偏是好春藏不住畫橋流出紫籐花
玻璃鏡檻太玲瓏珠閣瓊樓似畫中坐久忽聞天籟起半空鈴語自丁東
一重臺榭一重春拂柳分花笑語頻女伴同游皆絕俗不妨盡作畫中人

冬閨詞

窺窗薄日弄晴光呵手盤雲蹙黛長絕愛妝梳嗤小婢背人偷試雪花香

嬾爇爐香熨繡襦滿庭風雪撲流蘇怪郎謔笑渾忘
檢却把瓊瑤比玉膚
翠袖伶俜倚峭寒畫樓閒煞玉闌干持家新學調羹
手自摘園蔬佐晚餐
蠟梅花下閉重門小捲羅幃放月痕冷到柔荑真似
玉借郎雙袖且温存

冬曉曲

銀釭細蕊輝明星籠烟綃帳涵空青屏山不隔峭寒
住玉鉤顫語聞東丁熏篝香歇水沈凍六幅流蘇曳
幽夢翠裀擁坐自惺忪纖腰輭怯貂裘重檐冰歷歷

搖鏡波鏡匳開月描仙蛾墮鬟貼額綠雲膩褪脂凝水紅香多十二重樓春意淺妝成漫把晶簾卷照雪瓊膚緻緻妍却笑梅花比人嬾

黛吟樓春日即事

四面雲山作幛屏紅樓一角太玲瓏玻璃窗檻淨於水瀉入螺烟一片青

晚妝人起卷珠簾簾外青鬟映一奩不用自調螺子墨好山分翠上眉尖

刺繡吟詩且自娛閒將水墨用工夫從今不仿雲林畫日對春山細細摹

漫愁滄海變桑田，小築幽居近惠泉。終日看山心願足，何須再費買山錢。

日長

日長年小似，一卷借書消。欹枕聽蟬語，衡門遠市囂。冰盤薦瓜果，清蔭種芭蕉。坐待晚來雨，微涼生畫寮。

春日田園雜興

芳郊濃綠遍桑麻，偏是山村占物華。開遍一畦紅苜蓿，春風先到野人家。

桃花謝却菜花黃，四月田塍豆莢香。十里剪刀聲不斷，家家辛苦事蠶桑。

一犂纔碧雨初晴綠野風光畫不成幾日西疇聞布穀隴頭牽犢教春耕

清溪屈曲板橋斜隔水村童笑語譁兜得一襟香雪滿東風吹落白楊花

夏夜偶成一絶

銀漢無聲玉宇清晚風吹下露華輕招涼不用芭蕉扇四卷湘簾坐月明

題畫四絶

節序忽忽過禁烟東風吹綠草芊芊山家早識春消息野柰花開一路妍

風裳水佩欲凌波研得雲箋寫芰荷涼雨襲簾香滿
座銀塘天趣卷中多

照水紅雲滿鏡秋西風昨夜到芳洲黃金散盡榮枯
別蒲柳蕭蕭起暮愁

凍雪初消雀語譁晴窗梅影自横斜琼匳分得胭脂
水來寫春風第一花

采蓮

刺船深入水雲鄉蓮葉蓮花數里長不采並頭采零
朵要他雙笑妬鴛鴦

黛吟樓詞稿

錫山温倩華佩萼

醉太平 閨情

桃花短簷菱花鏡奩月鉤斜上眉尖在愁邊夢邊金針嬾拈爐香嬾添侍兒偷放重簾正將眠未眠

浣溪紗 夜雨

蕭瑟聲中靜閉門惱人風雨做黄昏眉尖愁緒壓三分 小顆蘭釭花欲顫半函𧃍枕夢難温一天秋思攪吟魂

前調 夏夜

荇藻中庭月似潮簾波瀉影自滔滔湘妃榻化木蘭橈　壓鬢香濃開茉莉嬾腰人倦落芭蕉隔重秋夢聽吹簫

無俗念題桐蔭讀書圖

瑯環仙境愛芸窗四面桐花香簇簇坐久渾忘秋影重兜滿一襟幽綠爽翠生雲峭涼疑雨浣却塵三斛暫拋書卷儘君消受清福　恰好楊柳深深簾波如水浸到欄干曲領略清涼滋味久紅袖添香嫌俗擊節驚蟄長吟和鳳不厭千回讀雅人深致輞川無此圖幅

點櫻桃詠雪

壓斷梅梢粉蛾吹墮知多少玉樓寒峭曙色先催到試向瑤窗呵凍閒凭眺山河皎月明風小一片糢糊了

夢江南

層樓外一片鏡湖低虛柳風來鶯語亂傷春人倚畫闌西閒聽子規啼

晶簾卷樓閣夕陽中羅幕乍開搖翡翠綃衣新試繡芙蓉來挹藕花風

紅情懶無柰翦刀風一夜春寒花骨瘦半階香雨蝶

愁濃人影隔簾櫳

清平樂 雪窗偶作

陣雲未懈風緊生虛籟十萬天花如絮下人在瓊瑤世界 峭寒偷入窗紗狐裘稱體新加盡日重簾不卷小庭閒煞梅花

前調 冬夜

遲遲玉漏又是黃昏候料峭尖風簾幕逗小朵燈花凍瘦 寒宵偏是深深支頤獨自沈吟幾度欲眠還怯那堪如鐵冰衾

減字木蘭花 冬曉

爐殘獸炭寶帳夢回香已散睡態惺忪欲起還眠意轉慵 鸞衾半擁心怯曉來寒氣重怪煞鸚哥謊報三竿日影過

羽仙歌 春寒

清明近了怪鶯花還睡楊柳含顰儘憔悴正踏青時節鬥草年光禁得個二月東風沈醉 鞦韆庭院悄人倚欄干一縷輕寒襲羅袂消息鎖桃花燕子來遲渾不管春閒如水又社雨聲中鷓鴣啼賸草色和烟撲簾爭翠

鵲橋仙 爲從兄企殷題並蒂蓮花圖

玲瓏心性纏綿情緒在地本爲連理綠波相照太分明看花頰也含羞意　蓮儂薏汝形偎影倚不怕蜂猜蝶忌臨風雙笑傲鴛鴦似說道癡情勝你

虞美人 爲從兄企殷題烘雲託月圖

廣寒寂寞誰人省如此清宵永曝衣樓上看流雲底事眉山故故學長顰　怪他塵世癡兒女偏有閒情緒瓣香儘自祝團欒不管嫦娥惆悵太無端

瑤花 題紅梅花館讀書圖應王璞山先生屬

氷心鏤月琅抱凌雲伴芸窗幽寂羅浮小築攤卷久芳意冷凝瑤席無窮清福問君是幾生修得看碎瓊

飛落林梢點上添香人額　絳雲萬軸牙籤更嚼雪餐花斯樂何極倦抛湘帙長嘯處鶴夢驚回香國逋仙老去算只有先生同癖恐舊盟誤了春風收入畫圖三尺

臨江仙 重九雅集圖題詞

插遍茱萸歸去也名園共寄幽情敲棋人在小紅亭畫闌誰獨倚心與菊花清　玉笛瓊簫雙譜曲却將秋夢吹醒湖山指點太瓏玲俊游須記取珍重此模型

浪淘沙 秋日惠山晚歸

黃葉滿空山秋意闌珊幽泉漱石自潺潺林巒不知人世事一味清閒　烟翠鎖重巒雲樹漫漫夕陽蕭寺暮鐘寒蠟屐行吟歸去晚不盡餘歡

清平樂 春曉

曉鶯啼暖睡起肢腰軟天氣困人春不管一味做成春嬾　綠雲雙綰垂鴉鏡中自惜容華昨夜東風猶勁開簾飛進桃花

賣花聲 春去

春已去天涯綠上窗紗晝長閒煞玉丫叉捲起蝦鬚簾半幅細數飛花　庭院亂紅賒燕蹴鶯拏春愁一

片沒闌遮。盡日顰眉緣底事。惆悵年華。

江城梅花引 春夜聽雨

春燈疏雨夜迢迢。潤花梢。落紅飄。隔着銀簾。擁髻聽蕭蕭。如水嫩寒禁不起。添香篆。下羅帷。掩畫寮。 畫寮畫寮鎖岑寥。酒初消。書倦拋。聽也。聽也。聽不盡。窗外。春潮。一枕。惺忪消受可憐宵。料得園畦新韭長。待晴了。倩雙鬟。試翦刀。

虞美人

芳情欲訴無從訴。人遠天涯路。魚書欲寄更遲停。生怕亂伊心曲阻雲程。 悶愁一點眉間惹。又是黃昏

也淒馨繡被鈿床寒可奈窺簾明月又團欒

前調

歸期誤了還重誤魚雁無憑據昨宵盼過又今宵如此無聊況味彀魂銷　薄寒透幕燈花謝無奈深深夜離愁別恨兩如潮一寸芳心捲得似芭蕉

高陽臺

爐篆堆雲瓶花扶夢翠樓人愛清眠嬾整明妝輕塵惹滿瓊匳茶經藥譜商量遍儘無聊過了秋天怯寒尖深掩珠櫳密下湘簾　魚書雁帛浮沉久怕天涯有客魂夢相牽兩字平安殷勤付與鸞箋相思不去

拈紅豆，怪相思併在愁邊。鎮懨懨減盡腰圍，未盡纏綿。

壺中天 胡園觀荷作

曉雲籠樹，笑看花來早，花還慵起。一角紅亭三面水，消受四圍香氣。露咽蟬聲，風驚鴛夢，寫出涼無際。采蓮兒女，雅懷倜儻如此。　遠聽泉水淙淙，炎氛不到，羅袂侵秋思。十萬田田花世界，留得幽人芳趾。拗藕抽絲，跳珠掬水，無限嬌憨意。夕陽明處，小鬟催作歸計。

高陽臺 佚題

虎帳功名鳳池畫策那堪往事重論十載江湖依然
憔悴風塵英雄事業供屠狗夜寒時空嘯龍紋且韜
真風月文章任寄閒身　漫愁琴劍飄零盡有清才
勝雪豪氣凌雲刻翠裁紅頭銜還署詞人十年一覺
荒唐夢料從頭說也酸辛夢無痕寫入丹青證取前
因

黛吟樓文稿

錫山温倩華佩萼

栩園詩詞集序

溯自採風問俗周南開雅頌之先辨韻分聲沈約繩圭章之律後世發揚蹈厲晚唐踵事增華佳句欲仙白樂天歌傳長恨幽思轉媚紅豆詞譜出新聲惟是著作如林輒閲風霜而散棄要須纂修成帙庶經兵燹而不磨此詩詞集之所由刊也吾師栩園先生奇才邁古夙慧絶倫有藝皆精無書不讀江郎藻翰彩筆千秋屈子騷情文章一代固早樹幟吟壇蜚聲藝

苑矣。當其清辭夐發。靈襟獨舒。高情渺接。雲烟。豪氣未除湖海。託芳懷於窈窕之歌。爭說陳思再世。開生面於空靈之界。羣欽李白仙才。凡諸緣情據興之作莫不。韻與文兼。意隨神遠。空山鶴唳。逸響清遒。遠水波。柔。風懷。綿邈。讀半樓夕照。錦織詩心。看一卷春穠香酣棠夢。蕉心宛轉。熱潮起於至情。藕緒纏綿。頑豔益徵感託。藹藹溫柔之旨。鏘鏘金玉之音。錦瑟華年無非悵觸。美人香草。聊寫牢愁。詞兼竹屋之癡。詩得玉谿之髓。一聲吟出。萬花齊羞。半闋歌餘。纖雲爲遏其移情有如此者。問何人敢與京平。然而慷慨放歌則高抗如銅琵鐵板感懷咏嘆則蒼涼若海雨天風筆陣縱橫泉源倒瀉姸思直超周柳風流不亞蘇辛轢元轢宋無慚騷客之爭推茹古涵今極盡詞人之能事橋霜店月傳遍旗亭鏤雪摛雲播諸樂府世皆知有先生贊何待於弟子今者哀其詩詞付之梨棗聚明珠於一串壘文錦兮千重比來國粹淪亡廣陵散將成絶調差幸斯文未喪陽春曲猶有知音珍重此編扶輪大雅垂之後世足挽頽風華也忝列絳帷徒與及門之數謹陳蕪語聊申私淑之忱云爾丙辰首夏女弟子錫山温倩華佩萼拜序

消寒雅集圖序

丁巳冬月，友人某君以消寒雅集圖見示，受而觀之。圖中點綴數人，圍爐而坐，梅花拳石外，一茶鐺一香篆而已。何雅集之足云？友曰：不然。民國以來，變革無常，破碎河山，兵戈遍地，草野人民，方如幕巢之燕，朝不保暮，尚何意緒作高會哉？然而憂患偶忘，朋儔乍集，相與圍爐把盞，一開笑顏於風雪中，此樂正不可多得也。吾惟慨夫人事滄桑，炎涼倏忽，不知明年此日二三子者，其爲亂離之民歟？抑爲歡樂之人歟？故爲圖以記。而子以爲無足觀者，何也？予曰：噫！子誠有心人也。夫生當亂世，傷心誰語，文字足以賈禍，哭歌無以動人，乃託圖畫，以寓意而寄慨嘆於無形，消寒云乎哉？特以消胸中之塊壘耳。因序而歸之。

荷亭逭暑圖記

出試泉門可十里，有別墅曰梅園。園在太湖之濱，依山而築，結構至巧，林木蔚翳，若仙人之居。登高試眺，則七十二峯或遠或近，宛若屏幛，風帆片片，時出沒於烟波中，洋洋乎大觀也。園中鑿石爲池，遍植芙渠，水榭風亭，頗饒幽趣，啜茗靜坐，湖風泠然，羅袂欲仙，塵襟盡滌，人間之清涼境也。乙卯荷花生日，倩華挈友消夏於此。拾松果以烹茶。折荷筩而代盞。刻竹題詩。掃苔坐石。雅懷清興。自謂不多讓於古人。然而美景不常。良辰易逝。曾幾何時。同人或賦遠游。或爲家累。予亦人事卒卒。迄無寧日。風流雲散。可勝慨言。今夏。江君素琼。約續前游。乃與連袂而往。至則山川依舊。人物全非。回首俊游。僅成追憶。相與徘徊久之。歸後。猶忽忽不能自已。爰繪圖以誌感。吾人雖聚散靡常。而圖中人。則終古不離。亦足補缺憾於萬一。焉豈徒以誌逸樂傳韻事哉。

秋夜讀書記

涼風入牖明河在天星月爛然庭宇閒曠此正秋時之良夜也然而一歲韶光已過大半自問學殖殊無寸進甯不爲秋光笑人耶於是下重帷爇爐香剪燭臨窗披卷而讀將以補日之不足焉時則瓶花搖影蓮漏未沈隣院砧聲忽徐忽疾窗前蟲語若抑若揚雜以驚飈墮葉檐馬當風發爲清籟淒切幽邈與予書聲若相酬和小鬟肅然如有所警予則夷然若無所聞蓋一卷在手別有會心澄慮精思不自知其神與俱化矣夫史家之言可以窺今古識興亡諸子之言足以悟禪悅淡榮利而文章之道則或豪縱肆放

或清微淡遠，境界不同，變化各異，正如山之有峯巒，水之有波瀾也。殫思研求，能益智慧，能長學識。予雖不能尚友古人，而陶陶之味，靜而參之，可以排愁破悶，亦一樂也。惟是白日無情，秋宵苦短，青燈有味，逸興方長。曾不多時，而涼月欲墮，明星漸稀，砧聲旣停，蟲語亦歇。予讀未倦，而曙色催人，又是一宵垂盡。嗟夫！人生有涯，而爲學之道無窮，古之人分陰是惜，良有以也。予心有所感觸，乃呼小鬟剔釭磨墨，伸紙濡筆而爲之記，將以銘之座右，自課其勤也。

約女伴惠山秋禊

梧葉初墜天高氣清誦落霞孤鶩之章動秋水伊人之思昔王逸少蘭亭修禊千載豔傳繼之者代不乏人並稱韻事予也身居閨閣性耽山水其人其事未嘗不竊慕之際此序入三秋時當八月山明淨而若洗水澄鮮而不波爽籟迎人涼飈入戶正宜暢娛游於暇日以遣秋光繼高會於前賢以增佳話矧湔裙祓禊固女子之本懷聯欒褰裳亦人生之樂事哉爰擬於慧山之麓開曲水之觴改春禊爲秋禊借泉亭作蘭亭效騷客之清狂倡閨人之嘯傲凡我雅侶勿矜芳躅以期共襄盛舉追摹高風雖不敢云步武蘭

亭。要亦未始非紅閨之盛事也。謹於九日。列觴以待。佇聽足音。

九日登高記

丁巳重九。予方約友作登高之會。而微雨溟濛。敗人清興。惆悵之間。忽聞剝啄。啓扉納之。則三五舊侶連袂而前。見予粲然曰。晴游不如雨游。盍行矣乎。予笑而應之。於是攜鬟躡屐。出綺塍街。迤邐至惠山。效逸士之尋秋焉。路人側目。嗤以爲狂。不之顧也。既至。拾級而登。石徑蘚滑。傾躓者屢。笑聲滿谷。迴響如答。崎嶇竭蹶。甫至山半。縱目四眺。沉霧浸淫。天地黯慘。張君仲琴因有感於時局喟然興嘆衆爲無歡予亦有動乎中於是拔釵扣石而歌曰乾坤蒼莽兮戰血横流山川寥寂兮草木爲愁且及時而行樂兮歲月其不可留寄身天地如蜉蝣兮何惄焉而心憂試探幽而登絶巔兮樂莫樂於山水之悠悠歌聲穿雲陰霾爲之舒散晴光一綫已破雲而出矣予乃笑顧仲琴曰予嘗覓得茱萸歸與子作酒籌也於是攝衣先上諸人從之竟至峯頂則見遠近諸山皆洗頭而出黛色浮空若隱若現滿山楓楠爲雨所潤明豔過於春花則皆相顧而喜謂駕言之願良不虚也游目久之

不知爲時已暮。忽疎鐘一杵。自山腰蕭寺中出。暝色催人。懍乎不可再留。乃覓路下山。沿途野菊叢開。高低礙步。折取數枝。相與行吟以歸。各有斷句誌其勝。而予爲之記。

黛吟樓記

丙辰之歲。于歸過氏。遠城而鄉。心恆惴惴。於時兵禍未弭。宵小橫行。鄉居蓋尤甚焉。既屆冬令。風鶴之驚。日必數至。不得安於衽席。思遷地以避者久矣。今歲。家大人於城西宅畔。拓地三弓。築小樓兩楹。招予以居。窗疎四闢。羣山。環青鏡屏。返照。則嵐光。塔影。收貯。

一奩距市廛遠故無塵囂與予伴者惟花香鳥語而已於是安排筆硯位置琴書吟嘯其中天機流暢較之鄉居無異出危巢而登樂土矣屋後有河俯瞰如鏡粼粼碧漪東流不知所盡時有菱舟畫舸往來其間雨奇晴好變幻不一予嘗倚樓憑眺自疑此身在圖畫中也樓窗向山飽吸濃黛吟咏所得實賴山水之力爲多因以黛吟名其樓女友過從輒羨予之得所然予之幸猶不止此蓋北堂密邇晨夕三省弟妹追陪時聚一室嘻嘻咄咄曾不改其兒時故態天倫之樂實尤勝於山水之樂也夫予以女子之身旣賦

于歸理當修婦職侍尊嫜今乃得侍父母以居殆亦天時人事所授初非可以希冀而得也予之幸得此居又豈在山水間哉自兹以往吟稿殆將日增而黛色撲樓碧波搖檻亦將無有窮時故予樂爲之記時丁巳十二月也

歲寒三友合傳

三友皆隱士也不爲世用不慕榮利淡泊明志而時復游戲人間人但稱之爲蒼髯叟青居士羅浮仙客於其家世姓氏則皆未詳

叟古貌盎然髯多於蝟姓兀傲而有奇節負棟樑材

顧世無知之者。雖受秦封爲大夫。叟以秦皇暴虐。不樂爲之用。於是遁迹深山。求神仙服食之術以自隱。翛然有出塵之想。每當空山月明。壯心未已。輒迎風作長嘯以寄暇想。其生平莫逆。惟青居士羅浮仙客二子。一重其節。一賞其清也。二子亦傾心相結。推爲盟首焉。

青居士本有佳士之號。氣度古逸。能化人俗。以是爲名流所重。有不可一日無此君之譽。一時名流如阮籍李白諸君子。皆喜與游。心虛而節勁。尤多藝才。嘗游嶰谷。佐伶倫製律呂。黃帝封伶倫而遺居士。居士不爲意。蕭然自若。繼而復出緒餘。製文簟以供清夏。近世風移俗易而此製獨在者。不可謂非居士功也。其與叟契合。當在阮李諸賢既往之後。更得羅浮仙客與共。於是歲寒之盟始成。

客。清姿高格。丰致若仙。具和羹才。東皇取士。得膺首選。然性耐冷。不慣趨炎。退而放浪山巔水涯。以孤高自賞。生平多神交。杜陵索笑之詩。林逋暗香之句。皆一時投贈之作。雖以宋廣平之鐵石心腸。猶爲傾倒。宜乎叟及居士。引爲同調。蓋性情雖異。旨趣則一焉。

異史氏曰。畸哉三友。舉世皆濁。而我獨清。其斯之謂

耶懷濟世才而不求人知有濟世功而不爲人敬山
中高臥與世無聞歷盡炎涼曾不一變其貞操世之
二三其德甚至以干戈取利祿者觀此可以反矣

祭姨母胡宜人文

維年月日甥女温倩華敬以庶羞清酌致祭於清封
宜人祝姨母胡宜人之靈曰傷哉姨母竟長逝矣吾
母女兄弟三人長者早故一堂聚首談笑言歡所賴
者姨母耳今亦一瞑不視與世相違僅存吾母涼涼
踽踽悼痛何如魂兮有靈其知耶否耶嗟我姨母閨
中之秀幼讀詩書深明大義自嬪祝氏無忝蘋蘩姨

丈以富家子弟。耽於逸樂。遂令一肩家政。獨力負擔。從此心神竟無寧日。姨丈既不能有所臂助。且每因細故。脫輻頻占。怨偶。聯成痛抱難言之隱。不幸又逢光復。家道中落。而姨丈豪華成習。日用浩繁。固不能不措置也。剜肉補瘡。苦心費盡。抑且家庭中鮑內侮頻乘。姨母雖曰以退讓爲懷。而慾壑難填。猶時起鬩牆之釁。受諸煩惱。飲泣吞聲。是以病入膏肓。實由肝鬱。羣醫束手。藥石無功。我姨母雖欲不死。不可得矣。嗚呼痛哉。所遺兩妹弱小堪憐。噩耗傳來。能不令人心傷腸斷耶。回憶桂月初旬。猶來吾家。小住數日。深

宵翦燭。瀹茗清談。曾幾何時。乃竟人天永隔。時甥女
適在病中。不獲憑棺一慟。以盡哀忱。勉力拈毫書此
數語。心酸手弱。淚墨模糊。神其格而來歆。嗚呼哀哉
尚饗。

此係私祭之文固非懸於堂前之誄辭比是以暢
所欲言絶無顧忌也倩華自識

黛吟樓遺稿

哀輓集

誄文之一　　鄧韌厂

佩蕚氏溫諱倩華吾友雋生君長女同里過子暢侯室也與同懷妹梅清中表江氏女素瓊執贄吾門稱香閨三傑焉隸溫飛卿之籍有謝道韞之風天賦靈玆夙嫻壼德鑄古梅以纏骨挹秋瀣以拭神倚妝高樓山亦避黛閉吟窗幕燕來語詩顏其所居之樓曰黛吟丐予書之別署黛吟樓主父書充棟昕夕丹鉛母教佩紳春秋箴管尤爲大父朝遠先生所鍾愛傳

其醫星象數之學洵進士之不櫛亦大家之再生者已在昔髫年卽嗜翰墨爲盧文進之女學士宜稱具韓蘭香之才佳人是式六書八法澹至益妍地節天儀洞達斯契旣而習繪事於安定之室弄粉調朱問詞律於太邱之門嚼宮按徵畫則道昇之楮墨書工彩鸞之銀鉤春山對窗能寫輞川之景井水滿地細諷屯田之詞年二十有一嬪於高平璧人一雙圓月三五王綍呼妻爲妹妹魏鵬儷婦以娉娉允宜皆老同期和鳴有集乃天道莫測家難頻經以致鹿盧在腸連環結恨女床鸞宿藥店龍飛肺漬病以辭香眉

鎖愁而却黛舜英忽謝恆幹不居以三月六日卒於
里弟彩鸞委世遙天之笙鶴如聞紫玉成烟綺閣之
妃孫孰和嗚呼傷矣楫也才慚裴秀問字來黄絹詞
人詩遜王筠執贄有絳紗弟子既悼焚乎芝蕙敬撰
德於旐旗聊爲誄詞以表芳躅其辭曰
謂天無情曷鍾其靈謂天有情曷殀其生懿歟淑媛
班誡是佩女行書箴四德咸備及笄而嫁言歸於過
誕降佳兒繡虎婆娑淡月詞華簪花書格頌菊銘椒
珍珠字密評詩讀畫樓高黛吟愔愔琴德大雅和平
何以匹之白家金鑾何以擬之宋氏若華姮娥抱魄

天機織絲女子有才疇云福之春雨江南藥爐傷病女子有才竟妨厥命禽魚花鳥奪彼化工紫霓青兕思與天通三絶是擅百憂乃攻蘭芳而摧苗秀而揠福慧雙修胡靳白髪嗚呼傷哉自茲以往吾筆可輟吾硯可焚吾書可裂女有慈父毀餔而泣女有弱妹哀慘而血女有中表悽焉而惻女有稚兒强抱而經天胡不弔女決女絶而蚓於垤而螘於穴兕乃及門能不嗚咽江生與女在唇若舌在磁若鐵在樞若楔上星芒滅下壑流竭我歎江生不子而子嗚呼哀哉綠窗寂寂兮絳帳寒空庭花落兮青苔斑吟聲既絶

兮簷漏酸問字何人兮來雙鬟吁嗟佩萼兮女亦千秋遺詞在篋兮幼婦碑留煒我彤管兮鬱鬱松楸崢嶸貞石兮永峙山邱

誄文之二　孫蘇玉

嗚呼人生自古而有死兮何我弔君而獨傷慨邁德之不再兮悼高才之云亡溯我值君兮不櫛早彰維君私淑兮相交年忘舉詩文以切磋兮洵流麗而端莊更繪事以問業兮允宿慧之非常迨賦於歸而相夫子兮韻事傳於閨房築室以侍雙親兮晨昏定省未敢或違嗚呼世稱才媛匪班則謝兮惟君可與頡

頌既福慧以雙修兮卜永壽於無疆何哀毀之過甚兮乃隕玉而沉光余聞訃而中心悽愴兮痛知友之早士臨風奠此蕪詞兮還搔首以問蒼蒼

祭文之一　王紹曾

時維中華民國十年禹歷三月二十日姑聟王紹曾以師弟之誼具清酌庶羞之薦致祭於內姪女温佩萼女士之靈曰嗚呼女士相距五閱竟追隨王父慈母棄人間世而長逝乎客歲九月余旅居茸城奉電奔外舅明遠公之喪哀痛逾恆越二月又聞內嫂胡宜人之訃女士泣告余曰家庭不幸連遭大故淚已

枯聲已竭矣余聞是言亦不覺悲從中來當是時女士之體質固健全無恙也詎意今春女士陡發肝疾中西醫治百藥罔效病未及旬竟作曇花一現而登鬼籙矣嗚呼哀哉溯女士幼穉時數來余家愛讀稗官野史姿稟聰穎異常兒過目輒不忘尤具口才臚舉古今事滔滔不竭娓娓動聽少長喜研究聲韻學吟詩譜詞日無暇晷余雖門外略經指示便斐然可誦嘗投稿邑之新無錫報社主筆楊子楚孫謂余曰髫齡女子有此手筆求之今世吉光片羽矣既又與泉塘陳子蝶仙之女公子訂金蘭交詩詞郵遞無虛

月陳子固浙之名下士而富具新學識者也愛其詩
願任筆削遂入女弟子之列而函授焉自時厥後進
步之速一日千里暇又從邑彥鄧子䩞厂學駢文詩
詞畫家胡子汀鷺學翎毛花卉所作無不邀師之青
睞年廿一于歸過氏伉儷間互相研究學術一閨中
之畏友也尋執教鞭於競志女校學生咸信仰之余
嘗謂女士曰汝之境遇非欲藉所得以自給者何自
苦乃爾女士笑曰吾國女子垂數千年沉淪不拔皆
由無自立之能力所致欲求自立貴有職業余雖勤
勞甘之如飴也前年冬陳子蝶仙集股創設製鎂廠

於邑之北郭女士奉祖若父之命勸夫壻經理廠務已則從旁擘畫措置悉當蓋女士固篤嗜文學而兼飫聞商業智識者也巾幗英雄當之無愧矣方期天假之年俾得相夫教子造福無量孰謂偶攖小疾遽作古人耶嗚呼哀哉余十七年前抱喪明之痛膝下常虛者十三年女士恆相過從分韻拈題執經問難習以爲常故視余若師余亦儼然以門弟子視之嗚呼而今而後欲求一堂問答把酒暢談何可得耶嗟乎嗟乎惡耗飛來欲對青燈而隕涕悲風吹處將窮碧落以招魂從今渺渺孤懷疇商舊學此後年年三

月懶步西郊豈惟一家之痛抑亦誼屬莩葭者無不同聲一哭也嗚呼魂倘有知尚其來饗

祭文之二

范廷銓

維民國十年三月辛丑朔越二十日辛酉范廷銓溫森柏謹以香花蔬果致祭於佩萼溫女士之靈曰蓮社春深桃園宴罷鶴病雲房鵑啼月夜噩耗驚傳西池返駕瓊樹忽凋琪花早謝倩女魂離仙娥羽化聞者心傷愴然淚下猶憶早歲風雨一編讀書束髮問字隨肩精研文學雅善詩篇芙蓉朝日詩比延年楊柳曉風詞仿屯田伯通廡下道韞庭前文行並美福

慧兩全劉樊夫婦邈若神仙誰知弄玉遽隔人天猶
憶昔年月圓花好一身周旋家庭學校如齊嬰兒重
闈盡孝如曹大姑講堂設教風月詩詞長歌當嘯花
鳥畫圖惟妙與肖易安集中才如清照伯鑾溪邊名
齊德耀柳絮一吟譩花雙笑詎料蘭摧青蠅赴弔于
歸六載相敬如賓寶家蘇蕙鮑氏左芬講求女學桃
李盈門經營商業芙蓉湖濱朱陳戚誼喜作比隣鄧
嚴學派幸有傳人胡天不弔遽喪斯文遺棄幼子訣
別衰親飛瓊失伴奉倩傷神才長命短天道甯論嗟
我女士塵緣未了白髮高堂親年將老黃口孤兒孩

提在抱道德衰微誰爲師表風雅淪亡誰繼吾道村嫗福庸才媛壽夭夢夢蒼天報施顛倒爲使不來人琴俱杳遺恨綿綿短緣草草千古芳名黛吟樓稿嗚呼哀哉尚饗

祭文之三

龔轂成

中華民國十年春三月辛酉姻侍生龔轂成謹以清酌庶羞致祭於二內嫂温佩萼女士之靈曰嗚呼女士敬恭淑懿相厥良人料量家事姑章盡懽三黨懷惠緬昔待字清芬夙貴父祖庭前詩禮熟記兼研靈素理命匪棄大老温公鍾愛特異嘗聞公云女孫燕

翼才調承意互易釵弁家聲更蜚志通四部漚吟不離諸傅盛名隨園堪儗雙鬟拍板詞曲追倚旖懷芳浥嘔心斅李中華譯社大著尚矣余亦備員媿躬勿遂倏忽七祀恍如夢世籌更田海桃葉歸茂梅子爭青醍醐並醉倡隨至樂甥館獻瑞慧峯靈秀近居得氣屯田妙唱秋情縱恣怡怡藹藹和婉致美書畫摩研教方擅技言歸澣沔儷泣贖蛻一老不遺風狂萬吹嗟余舊友外憂事逮弁賦悼亡胥同翁壻女也重傷病肝遽逝下九初齡曇花既萎忉悧天高聞者墮淚春風圖貌珮和月姊海棠謝却絮詠無二一軀殼雖

藏學行未甤魂兮歸來有奠酒釃焚香頂禮一拜徹酹尚饗

祭文之四

陳翠娜

維民國十年歲在辛酉三月十日妹璻謹以心香淚酒遙祭于佩姊之靈曰嗚呼夢耶真耶是耶非耶豈吾佩姊竟至斯耶有德者昌有仁則壽何期此語竟成虛誕唯君之志姮月比潔唯君之才江鷟共媚我無姊妹性復落落惟獨于君頫首心折牙期遜其相知雷陳輸其膠漆何期一旦死生永别嗚呼痛哉驚才厄於天忌耀豔掩於土色一入窈冥遂成獨往寸

木界其人天片時判爲今古蘭薰而摧玉縝則折蒼
蒼者天昧昧如斯能不爲之撫膺長慟吞聲飲泣至
無已時哉豈其前身本爲仙侍小謫塵寰倏歸蓬島
厭人事之萬擾迺息影于九原逝者已矣存者何堪
固知日月跳丸軀殼直如廬舍華年馳駟彭殤何異
浮休先覺後覺不過五十步與百步耳然而元伯入
夢宛若生平季子挂劍慟于死後精誠能致魂魄可
招矧吾兩人結金蘭之契情逾骨肉痛玉樹之摧聱
此噩耗自不禁五中之結軫寧能爲太上之忘情哉
嗚呼佩姊生死異路長相別矣握手笑言永難期矣

虛房凄寂香煙結霧恍若有人御風而至幽燭如夢涕淚如雨嗟乎佩姊其汝也耶吾今哭汝汝聞之耶吾今爲文慘不成語汝將笑其拙耶悲其志耶魂其來耶是耶非耶夢耶真耶嗚呼尚饗

哀辭之一　陶壽頤

懿歟女士才德兼全淵源上溯家學承先清河望族王父名醫兼通易理推算妙奇得兹孫女傳授諸藝了解如神精深造詣經史子集無不窮究詩畫文詞工絶罕有教任競志女界咸欽諸凡後學悦服中心歲過二十于歸郡馬荆布遺風孟光流亞善事翁姑

恪循婦職實業相夫交瘁心力待遇姻戚性秉仁慈
恤貧周急慷慨好施客歲母家曡遭大故哀毀兼至
聿成疾痼別夫遺子遽杳芳魂聊綴數語永式閨門

姊聟陶壽頤拜稿

輓辭之二

胡淇

嗚呼狂風猝起孤月不明梁溪潺潺孰慰子荆懿維
女士錫山之英徽華早茂樂律研精德爰禮智才解
傳經曉風殘月妙句天成兼工繪素栩栩欲生行年
廿一乃隸夫君閨中詠絮廚下調羹曹昭飽學孟光
多情無忝內則好逑永賡云胡不弔忽斬春榮綠彫

紅碎魂斷心驚露冷有淚潮咽無聲痛哉潘郎言念舊盟徒呼荷荷莫喚卿卿從兹冀缺誰與同耕倩魂何處曇影空呈載瞻淑範若覩珮瓊載誦清詞遺響錚錚卓然令德玉潔冰清人天撒手萬古九京逝者軀殼不逝者名名既立矣曷用哀鳴賢墳斯式節隴長貞胡淇胡晉堦馮家麟秦鈞周駿夏茂庠秦樹圻仝輓

輓詩之一　　　　侯鴻鑑

錦瑟年華逝水過蓬萊從此阻山河一篇事略流傳遍故劍摩挲可柰何

梧桐搖落忽驚秋離恨天長補得不檢點錦囊佳句
滿不堪重過黛吟樓
鶼鰈當年有夙因爲郎憔悴費千辛吳橋烟突高如
許內助論功第一人
故鄉昨夜報書來爲道雙成去不回樹木十年資臂
助春風桃李憶栽培

輓詩之二　胡振初

倩華女士擅詩詞又學繪事于予雖寒暑無間力
學數年非獨摹仿得神即創意經圖亦能自立
門戶矣近因乃祖明遠先生及其母相繼謝世

悲傷過度致心痛病卒良可哀也詩以慟之
寫生數載從予學才德斯人兼有之哀毁一朝心痛
死問誰撰出曹娥碑

輓詩之三　吴蔭棠

太息賢媛不永年曇花一現幻雲烟漫云奉倩傷心
甚我亦中途已斷絃
新詩妙畫抵瓊琚字擅簪花譽不虚畢竟多才遭俗
忌於今難覓女相如
經冬阿母去凡塵泉路追隨隔九旬孝儉持家稱第
一酸辛豈獨蔦蘿親

返魂無術柰愁何午夜鵑啼淚更多從此年年春到
後踏青須唱鼓盆歌

輓詩之四　　　　　　　　胡介昌

天降平原女韶華廿六春鶯花鍾夙慧雲海寄吟身
匱授孫思邈囊傳郭景純螢窗明月夜長與一燈親
嘔出心肝已詩詞兩不磨韻饒草池夢曲仿柳風歌
纔整粱生案旋抛織女梭彼蒼留缺憾搔首問如何

輓詩之五　　　　　　　　表妹江素瓊

少小相依每護持蘭閨伴讀姊兼師廿年交誼悲中
斷萬種恩情死後知燭翦西窗成幻夢花開南陌負

芳時從今不作千秋思流水高山孰子期
弄人天意太無情往事思量淚暗傾自古無才翻是
福此生多累爲聰明照人肝膽心偏熱憐我淒涼眼
獨青知己惟君愴零落那堪再聽薤歌聲
人生聚散等浮雲一霎豈風兩地分不少師生鸞化
羽豈惟姊妹哭離羣羈留濁世應憐我解脫塵緣獨
羨君太息音容今渺矣從兹吾道斬斯文
遺篇重撫劇心酸回首當年不忍看字跡蕭疏真骨
格吟情磅礴古儒冠舊題詩句痕猶溼新潑花枝墨
未乾如此收場真草草好從泉下問平安

輓詩之六　　李成基

噩耗驚傳到處同，幾回搔首問蒼穹。如斯慧福偏中折，自古平庸獨遇豐。潘岳悼亡詞不儩，絳仙才調命何窮。那堪颯颯雞鳴夜，照眼烟雲盡幻空。

天賦聰明絶世姿，蜚聲藝苑已多時。品評月旦追名士，儒雅風流亦女師。一代清才媲道韞，七篇婦誡續班姬。龍山惠水鍾靈秀，好向蓬萊作侍司。

輓詩之七　　温梅清

祖庭慈母並歸真，家難頻經太不辰。阿姊如何隨侍去，苦儂七月哭三人。

血淚模糊兩不分黛吟樓上痛離羣傷心一别真千
古此後蘭閨孰論文
人去樓空畫掩門杏花春雨弔詩魂遺詞不忍迴環
讀恐染斑斑血淚痕
寂寞樓頭慘不春無知卉木也含顰當窗黛色依然
綠燕子呢喃覓主人
髫齡便與姊追隨作畫吟詩兩教之棣萼遽驚風雨
折深宵問字愧無師
寂對寒燈思悄然蘭因絮果悟前緣姊依阿母應無
憾賸我淒涼泣杜鵑

輓聯之一

佩萼表嫂夫人予高第弟子也有清才工詩又擅
小令所居樓曰黛吟著有黛吟樓詩詞草比又
致力於畫爲其師汀鷺胡先生所激賞嘗以白
荷紅蓼小幀見贈至今猶珍藏篋衍也前數日
遽以微疾卒書此哀之

落花流水杳然猶幸篋中留畫本芳草斜陽依舊不
堪樓外弔詩魂嚴毓芬輓

輓聯之二

經史子終歲研鑽况復多藝多才戚黨心儀孟光範

詩書畫竟成絶筆空教一絃一柱新詞淚洒玉溪生
姻侍生劉書勳秦毓鈞顧保琛仝輓

輓聯之三

纂懿流徽早識中幃傳淑德秋林落葉悵聞騎鶴有
新詩姻世侍姚錫珍錫綸錫慶仝輓

輓聯之四

樹詞壇幟環珮空歸殘月曉風留妙句過黛吟樓畫
圖省識落花啼鳥也銷魂姻侍生嚴家鴻輓

輓聯之五

佐夫壻以營鉄業勞力併勞心如此清才堪問世哭

祖父更遭萱萎病肝由病鬱可憐至性太過人表叔

廉滿泉輓

輓聯之六

才堪續史學可傳經正柳線絲絲詠絮名高誰與匹

年過二旬病纏匝月看桃花片片送春人去幾時回

侍生沈寶懷輓

輓聯之七

絕藝齊名流宜其譽滿璇閨握管吟風爭把詞華推

道韞雋才佐夫壻何竟忌遭造物染痾匝月空留懿

德嬈孟光姻侍生辛幹輓

輓聯之八

千秋私諡樂貞義一代清才李易安姻侍生周亮祖輓

輓聯之九

舉案憶齊眉懿範追思孟氏鼓盆悲獨唱徽音空仰少君滎善昌輓

輓聯之十

詠絮有傳人十餘年翰墨因緣蘭質蕙心堪欽佩蓬萊真幻境廿六載仙凡來去雲車風馬太倉皇表兄胡葆均輓

輓聯之十一

有舅有子有丈夫全福全收何必高年方曰壽工詞工文工詩畫多才多藝縱教短命亦留名世待生華秉均輓

輓聯之十二

善詩善畫善岐黃夙仰人間才女撇子撇夫撇翁姑願爲天上仙姬王國治輓

輓聯之十三

有淑德兼清才憶旬前緘扎偶頒詹漏預防梅雨警是曇花遽證果想此後槀砧失助鄰春忽續薤露歌

姻侍吴國楨輓

輓聯之十四

知己訂忘年無端噩耗驚傳痛洒傷心千點淚落花成幻夢從此人天永隔空留酬我一囊詩孫蘇玉輓

輓聯之十五

女界落明星憶當年慧麓同游曾相與談詩論畫詞壇失健將痛此日仙鄉忽去怕重覩剩墨遺書孫宛如輓

輓聯之十六

玉樹痛長埋堪嗟水月空花三春如夢青年悲殂謝

差幸錦囊佳句千載留芳秦志明輓

輓聯之十七

賞音遍當代名流謂詞勝於詩不讓易安獨步實業得深閨內助惜天喪其偶頓教奉倩傷神華士巽輓

輓聯之十八

詠絮負高才羣羨掃眉惠麓秀靈鍾女士落花嗟厄運不堪回首河陽涕淚洒夫君江耀文輓

輓聯之十九

重展九秋圖想見清才傳詠絮忽驚三月暮竟離濁世現曇花孫肇圻輓

輓聯之二十

繡閣毓奇才當世推崇在詩賦文章詞曲深閨精畫理爲君營葬宜白雲紅樹青山蔣廷章輓

輓聯之二十一

巾幗稱能女學士才空一世修短有數大丈夫毋灰雄心虞文元輓

輓聯之二十二

嘔盡心肝女長吉風高荊布今孟光友生胡振輓

輓聯之二十三

柳絮題詞江左依然謝庭詠華鬘歸去人間無復易

安才錢基厚輓

輓聯之二十四

淒絕黛吟樓畫稿只留三月景空懷清照筆秋墳應唱八乂詩許棫秦銘光仝輓

輓聯之二十五

情絲裊斷棉花卷眉黛吟寒柳絮風華文川輓

輓聯之二十六

福慧不兩全遺稿應編閨秀集親朋同一慟遊山怕過黛吟樓范廷銓輓

輓聯之二十七

易安編漱玉令暉著香茗兼精醫卜丹青女中罕覯
荀粲最神傷王修尤慘切豈僅翁姑妯娌門內興嗟
世姪王允榮輓

輓聯之二十八

擅道韞詩才當代名流吟詠同聲推精妙有孟光賢
德仲春化去靈魂頃刻渺人天宗姪心祺輓

輓聯之二十九

才調爭傳堪誇一代名媛下筆都成絕唱耗音遠至
回憶九秋雅集披圖倍切傷神孫葆如輓

輓聯之三十

噩耗傳來正春盡絮飛無復吟懷聯舊雨仙蹤何處

嘆烏啼花落不堪影事憶當年姊過自愛輓

輓聯之三十一

春風楊柳秋雨梧桐幼婦新詞推絕唱鏤管餘芬簪

花遺格夫人譙國合題銘陸福培孫雛飛全輓

輓聯之三十二

昔年講舍同遊把酒論文墨雲分潤今日故人安在

憑棺洒淚薤露生寒妹楊晉華輓

輓聯之三十三

年逾花信人報薤歌念堂上定省多疏忍棄翁姑甘

永逝德相貫春才高詠絮看膝下孩提尚幼那教兄
弟不傷心從兄企殷葉封輓

輓聯之三十四

鸞鏡掩清輝可憐雲黯香閨難覓韓康延壽藥鹿車
先天隱從此月明孤館怕聞元稹悼亡詞馮福基輓

輓聯之三十五

小謫到人間巾幗全無脂粉氣仙游歸天上琳瑯常
在黛吟樓嚴命俞霖輓

輓聯之三十六

既工吟詠又善丹青更兼橘井是參閨閣多才遺物

忌永別翁姑長辭夫子并且蘭階莫庇泉臺抱憾入

夢來方矩輓

輓聯之三十七

孟光清德吳中第一謝女才華舉世無雙陶式瑗輓

輓聯之三十八

人間事過眼空空才女歸真說什麽詩美三唐畫高

六法天上去離魂渺渺孤兒撇却管許多灰飛蝶白

血洒鵑紅王家柱輓

輓聯之三十九

文壇著才華尚有餘芬媲道韞總悵嗟岑寂不堪清

淚洒安仁陶大杰輓

輓聯之四十

能詩能畫能詞女而士也克孝克慈克儉婦亦賢乎

程漁民姜太岳輓

輓聯之四十一

瑤島歸真忍遠慈姑親王母竹橋聞訃頓傷吾弟失

賢妻夫兄圭輓

輓聯之四十二

故里識坤儀佳句錦囊曾展讀之江聞噩耗雲山烟

水遠傷情周瑞玉郵輓

輓聯之四十三

詩賦寄謳吟道韞清才豈特盛名馳一邑音容今杳渺孟光懿德尚留彤史炳千秋宗姪鑑瑩輓

輓聯之四十四

才華不讓李清照儉德無慚漢孟光華西洲輓

輓聯之四十五

詩詞畫三絕兼長斯眞女士容言工四德皆備不愧賢媛胡鄺杜輓

輓聯之四十六

玉臺韻事得來難況如斯冰雪聰明幾疑爲不食人

間烟火絳帳交推尤不易竟忽有仙靈接引諒此去

列入天上宮牆趙汝梅輓

輓聯之四十七

醫術數無一弗工自古名媛都不壽書畫詩俱臻絶

妙而今繼美有何人楊斌輓

輓聯之四十八

巾幗失奇才黯淡春光花濺淚妝臺留遺稿詩詞夜

讀案無人孫廷棨輓

輓聯之四十九

烟雨淒迷蒿里名花凝血淚音容寂寞清溪流水是

哀聲沈蔭廷輓

輓聯之五十

梁案相莊吾族共欽懿範慈雲何處今朝空仰徽音

再姪康輓

輓聯之五十一

執教有通才能詩能文追道韞襄夫成實業勞心勞

力媲孟光朱正元輓

輓聯之五十二

湘水曲終巫山神杳妝臺塵掩皓月雲封殷膺陛輓

輓聯之五十三

人去黛吟樓情傷奉倩魂歸華鬘市果證飛瓊邵涵培輓

輓聯之五十四

皋廡賃舂女士才如孟德曜韋堂輟講吾鄉痛失宋宣文秦權輓

輓聯之五十五

德美孟光天胡不憖遊德士才高道韞世曷爲慳忌才人袁耀青輓

輓聯之五十六

美人都短命造物太忌才華國均輓

輓聯之五十七

環珮韻遙想夫壻多情定對黛吟遺稿泣琉璃魂脆
先春皇駕返忍看紅雨落花深李錦雲輓

輓聯之五十八

論身世非迍邅不遇者亞明慧無年天乎難問其才
學自沾溉後生以來知聞咸惜夫也何堪秦同培輓

輓聯之五十九

膝前有鳳毛共說女宗逮下德我來申鶴弔忍看潘
令悼亡詩王宗猛輓

輓聯之六十

詠絮幾成吟鸚鵡同愁優鉢曇花驚一現標梅方迨
吉鴛鴦罷繡仙臺蓮葉證三生諸仲英輓

輓聯之六十一

揮淚到翁姑無可奈何花落忽將春奪去鬭心惟骨
肉誰能遣此巢空猶望燕歸來張禮邦輓

輓聯之六十二

前生絮果今世蘭因無端柳岸風狂微雲驟掩姮娥
月既哭祖庭復凋萱蔭迺更荆枝雹碎春雨摧殘姊
妹花女弟梅清泣輓

輓聯之六十三

經營實業君贊襄之力居多方期借箸代籌何意遽
傷同命鳥憔悴吟身知精氣銷亡已甚爲檢零縑斷
素痛心此亦可憐蟲不杖期夫過錫鬯泣輓

羅莊撰

初日樓正續稿

民國十六年（一九二七）鉛印本

初日樓遺稿

民國三十一年（一九四二）石印本

提要

羅莊《初日樓正續稿》《初日樓遺稿》

《初日樓正續稿》二卷，羅莊撰，詞附其父羅振常《徵聲集》刊行，單獨成册，民國十六年（一九二七）上虞羅氏鉛印本，華東師範大學圖書館有藏。《初日樓正續稿》前有「貞松老人署題」字樣及羅振玉鈐印，貞松老人即羅振常兄長、羅莊伯父羅振玉。該書爲《初日樓稿》和《初日樓續稿》合集，前者《初日樓稿》为一九二一年版刊刻舊貌。收詩二十五首，詞四十五首，集前有羅振常序，卷末有羅莊本人所撰之出版小記，並有「妹静、慧同校字」「辛酉孟秋上虞羅氏鑄板印行」字樣。後者《初日樓續稿》，收詩二十首，詞六十首，羅莊母親張筠爲之序，部分作品後有羅振常批語，卷末有羅莊出版小記，並有「妹静、慧同校字」「丁卯季夏上虞羅氏鑄板印行」字樣。

《初日樓遺稿》一卷，羅莊撰，民國三十一年（一九四二）上虞羅氏石印本。上海圖書館、華東師範大學圖書館、山東大學圖書館、厦門大學圖書館、中國人民大學圖書館等有藏。封面有「壬午孟冬上虞羅氏印行」「侄鴻祖謹署」字樣。内有其夫周延年序。收文《海東雜記》《書君楚從弟手鈔唐詩遺册後》《君魚弟小傳》《趙舉之詞序》《祭公毅從兄文》《代鹺局同人祭三叔舅文》《丁丑潯溪避兵記》六篇，詩僅九首，其他皆爲詞。末有《初日樓遺稿附編》，收羅振常《祭長女莊文》和侄羅繼祖《周姑母家傳》。後有羅繼祖跋、羅繼祖題記和壬午孟冬心井老人即羅振常小記。此集爲羅莊彌留病榻之際，經羅振常、周延年整理，於一九四二年孟冬正式刊印。

羅莊（一八九六—一九四一），字痦生，一作婺琛，後字孟康，浙江上虞人。近代學者、版本目録學家羅振常女，雪堂老人羅振玉之侄女。母親張筠（一八七五—？），桐城望族，亦有才，爲清相國文和公廷玉後裔，著有《練潭書屋遺集》一卷。羅莊一九二七年嫁湖州南潯周延年爲繼室，周延年爲著名版本學家，婚後二人育有三子一女。羅莊自幼穎慧，性喜填詞。其父羅振常在《祭長女莊文》中曰：「汝幼時由予授讀，僅畢四子書而止。詩古文辭初未講授，汝乃摸索而自得之，下筆即斐然成章，尤工於長短句。」羅莊生於憂患之境，時局動蕩，加上繼母難爲，家難頻作，唯以文學來排遣愁苦之境。詞作不刻意剪紅刻翠，運筆輕靈。周延年在《初日樓遺稿》序中贊道：「昔人謂填詞爲小道，殆以其無關於民生國計，非學者之急務也。若有閨幃能於中饋餘閑，以之抒寫性情，則亦不失爲韻事。孟康內子雅擅倚聲，運筆空靈，含思温婉，深得詞家正宗。」

初日樓正

貞松老人署題

續稾二卷

續稾二卷

[illegible]

初日難五

序

讀書資由天稟而好尚隨之有其天稟好尚者抑之所不能止否則雖加鞭策無益也長女莊幼授以書輒能了解其義漸長輟讀專習女紅然猶耽墳籍家無長物陳編蠹簡尚所不乏莊暇竊讀之或誤緘縢遭母責不能竟業也十餘年來子糊口四方中更喪亂不遑寧處飢驅終日教子女所不暇計偶小病整理舊詞遺悶有當時

未録存者句索必得知其好此因與論詩詞多中肯語稍稍奬之乃踟躕出一小册則所作儼然成帙矣閲之頗近自然不類初學而詞爲較勝昔歐陽公近體樂府妙絶當時詩則遠不能逮朱淑貞詩筆殊俚詞則甚雅性各有近不足爲異而予家藏詩甚少詞則名家幾無不備予又多作詞少作詩亦濡染使然也惟所作音調每多抗激詩雖以窮而工然非言窮即謂之工

予家雖屢空庶幾未覓凍餒昔人句云小時不識愁滋味爲賦新詞強說愁莊或有焉故爲選其和雅者存之有時以造語頗工亦不能盡削兒子福嘉幼從姊讀近年漸知作文下筆能有古趣但少波瀾余因呼而兩詔之曰少年文字當絢爛崢嶸不可便趨老鍊至於詩詞更當如初日芙蓉而不當若晚秋楊柳文字寬和亦關福澤如而翁之性褊運蹇語必窮愁不足效也

年來視宙合皆榛莽謂無一事可言然漂搖之會兒輩尚能知讀書差無淵明天運之歎他何求乎既命之寫定其稿爰喜而書此莊與嘉其共勉之哉時辛酉秋日邈翁

初日樓稿

上虞　羅　莊　孟康

詩

初春

重綿乍卸體便娟坐覺東風暖翠鈿矯首晴空雲翳絶紙鳶點破蔚藍天

夜起

清夜夢初醒銀釭半滅明起來窺皓月渾不滅晶瑩

春晚

花徑香殘蝶影稀曉來寒雨落霏微捲簾
一陣東風急驚起梁間燕子飛

月夜口占

露重庭莎濕高梧影正中一規冰鑑滿千
里素光同莫問盈虛理難憑道路通徘徊
清不寐詩思欲凌空

初夏即事

赤日行天漸作驕梧桐垂綠蔭窗寮漫空

柳絮飄如雪隔院鶯聲囀似簫乳燕學飛
低掠水新蟬解蛻乍鳴條深閨弄筆消長
晝一卷宮詞信手鈔

病起二首

病起怯明鏡照來心膽寒側身移瘦影信
手約雙鬟把卷情猶嬾呼茶飲輒乾　高
堂憐弱質珍重命加餐
病起嫌枯坐朝來步漸強襟懷宜散誕筆
墨暫疏荒雨過雲苔濕風迴引帶長閒行

庭樹下撥葉數蜂房

送春

三月江南春已殘落花點點絮團團何須苦恨風光改新綠殷紅亦耐看

新涼

過盡浮雲宿雨收一天涼思逼層樓簟紋簾影清于水不染塵氛只染秋

秋夜

星河耿耿露瀼瀼歇盡炎威大地涼風籟

鑪煙虛夜色月痕燈影暈秋光烹來活火茶初熟理罷清琴漏正長最是一年疎爽日新詞休譜怨清商

春晚卽事

春盡餘寒尚久淹端居鎮日下重簾冥搜奇字調音澀倦賦新詩苦律嚴儘有圖書陳眼底更無愁緒上眉尖名山高隱吾何羨卽此生涯未足嫌

壬子仲春重到海上作

柳媚花明二月天江山景物總依然紅樓十里珠簾啟猶譜新聲入管絃

東渡日本舟中

飛渡魚龍窟茫茫萬頃中船身驚起伏海色望溟濛翻墨天沈水含腥浪激風故園渺何許回首意無窮

書憤

滄海横流急妖星沴北辰　廟謨嗟失算朝內更無人舉世甘囚楚移家獨避秦蓬

萊宜採藥從此作山民

卜居西京田中村宿雨初晴臨窗四

望野色殊可怡悅

山雨連宵足郊原乍放晴溪流新漲活籬落野花縈一一鶯巢燕飛飛出谷鶯茅簷朝日永戶外看春耕

遊法然院二首

長松百尺鬱龍蛇曲徑盤紆石磴斜嶺上清猿啼不住山風吹落滿林花

繞樹循塍出水涯青莎踏遍日初斜不辭更向前岡去拾取紅茶三兩花岡上紅山茶數十株着花滿樹因風飄墮簌簌有聲此花落必連蒂一瓣不損非如他花之片片零謝也

西京屬山城國山嶂重疊之區也新由田中村移居神樂岡岡之前後皆山開軒排闥綠滿青連景色逾于舊居溽暑蒸炎　家大人率遊近處諸山擇林巒密處處招涼歸成此什

萬古煙霞窟尋幽未易窮聞聲知遠近看
日辨西東空翠迴環合清流曲折通歸來
更回首依舊白雲封

壬子中秋日本西京觀月

山深夜靜水潺潺一片清光繞畫欄却憶
去年今夜月團圞猶在故鄉看

遊田中村偕弟妹晚歸

高原聯步近黄昏蚱蜢驚飛度遠村秋稼
登場田野闊夕陽明處見柴門

晚眺

暝色沈沈漸合圍半山紅樹映斜暉西風吹下牛羊影散漫依稀作陣歸

九月八日雨

無端大地變滄桑離亂經年滯異鄉秋老滿山風雨急忽驚明日是重陽

秋日前岡晚眺

幽寂蓬萊島窮秋景物悲千山黃葉脫萬里白雲飛落日明田隴西風老蕨薇歸來

蓬萊暖笑語樂　庭闈

月光如晝不忍就睡獨坐吟此

高揭冰奩射素輝流雲散盡露華稀清浮碧落星河淡冷逼紅樓鐙火微水底魚龍應起舞枝頭烏鵲欲驚飛照來猶是當年影不信山河舉目非

新秋漫興

天上羅雲静不流齊紈乍却暑全收清飆掠過垂簷樹葉葉聲聲盡作秋

長短句

減字木蘭花

水痕綠漲二月江南花正放刻翠裁紅費盡東皇點綴功

枝頭葉上幾日輕陰加醞釀不捲簾櫳人在香城錦國中

如夢令

深院游絲飛滿花外豔陽遲轉正是困人天何處頻調玉琯風暖風暖捲上珠簾一

半

浣溪沙

月到天心夜色明雲翳散盡碧霄澄漸移
清影上疏櫺
十二欄杆涼瑟瑟薄羅衫袖不勝憑幾回
凝睇下簾旌

又

門掩深庭欲暮時東風撩亂雨參差薄寒
如水浸簾帷

試吮新毫開綠穎更翻故紙界烏絲鐙前閒譜送春詞

又七夕

風掃秋雲散薄羅纖纖眉月照銀河鍼樓簾捲笑聲和繡戶此時同引線璇宮今夜暫停梭不知巧思付誰多

菩薩蠻

春風乍起春雲展尋春只道春猶淺倚檻

漫低迴飛花入領圍
願裁千頃樹遮斷春歸路還向綠陰中留
他一點紅

碧桃春

惱人天氣落花時流鶯不住啼垂楊蹤地
綠逶迤海棠紅已稀
風淡淡日遲遲深閨刺繡宜微揎碧袖翠
眉低當窗理彩絲

又侍　兩大人步月浦江歸賦此闋

冰輪捧出彩雲邊樓臺影倒懸萬家庭戶
敞珠簾微風度管絃
高閣外綠窗前更深人未眠一年能得幾
回圓看完又一年

滿庭芳 避地至日本西京山川信美而不能減故國之思尋幽既倦感成此闋

雲影鋪羅霞光散綺繽紛彩徹遙天登臨
四望風物爛無邊玉宇瓊樓處處迷金碧
掩映山川殘照裏幾行疎柳掛住一輪圓
鯨波千萬頃更無人渡疑有飛仙是塵寰

絶境世外桃源漫説終非吾土消愁抱且
自流連北窗下清風召我乘醉又高眠

點絳脣

驀地東風吹來驚斷流鶯語分明告與春
去難留住
楊柳樓臺雪絮參差舞雲天暮亂山無數
青入閒庭戶

鷓鴣天

家在山坳水曲中登高一覽盡羣峯杉垣

帶雨周遭綠楓葉明霞斷續紅日本每植杉編爲垣泉石美稻粱豐浮生暫寄得從容故園盧舍應無恙竹樹知生第幾叢

浣溪沙

初日侵簷破曉光絲絲簾額漏金黃晴窗梳洗一時忙　開足瓶花連夜落寫餘硯墨染衣香昨宵詞稿再商量

又

半捲鰕鬚控玉鈎迎涼人倚最高樓薄羅雙袖早知秋
樹影山光清藹藹天容水色澹悠悠登臨一餉豁明眸

又

秋入高樓霽色清長空寥落片雲行丹楓黃葉滿山城
漠漠野煙開遠樹潺潺流水繞柴荊西風庭院亂蟲鳴

臨江仙

樓外殘陽明遠水長空颯物淒清蕭蕭
柳望秋零驚逢搖落節倍起故園情
見說蒓鱸今正美歸心暗逐潮生興來我
欲告山靈吾鄉西子貌視汝更娉婷

蝶戀花

秋晚山城如畫稿紅葉黃花盡是新詞料
繞郭煙嵐都散了空林幾陣投歸鳥
自遣羈愁舒遠眺欲賦登樓可奈無才調

一角晴欄留夕照依依似省人懷抱

減字木蘭花 壬子中秋

去年今夕滿酌流霞金盞溢不負清秋醉
倚西風百尺樓
今年依舊大地清輝翻白晝回首神州一
夜鄉心萬斛愁

又

蓬壺小住不覺春回寒漸去冰雪消殘水
面風吹細細瀾

晴光送暖一色平蕪生意滿睡醒青山又理晨妝染綠鬟

又

舍南舍北夜雨新添無限綠春色周遮不放濃陰空一些

小樓獨上試向晴空明處望爛熳天涯野杏山桃亂着花

漁家傲

曉日朦朧光乍吐山川溟漠開煙霧昨夜

輕雷催急雨芳草渡盈盈綠水生南浦四面鶯啼雲外樹風鈴搖曳花深處遶徧迴廊行更住怔覓句流連只恐韶光暮

點絳脣

殘暑初消梧桐葉落驚秋早氣澄地表萬鬘煙雲掃

場圃當門燕雀爭遺稻閒憑眺半山殘照陌上行人少

浪淘沙

風雨作深秋脉脉颼颼黄昏生怕倚層樓無限雲山低壓水天向人愁
故國海西頭波遠煙稠甚時重上木蘭舟望眼枌榆何處也只見東流

風入松 甲寅之春由日本再返滬江風景不殊舉目有江山之異撫然賦此用寄遐思

風光還染舊山川春色今年上林鶯燕應無恙忍重過玉砌雕欄織柳未央宮外銜泥太液池邊

五陵佳氣有無間麥秀歌殘層樓高出浮雲上怎依然不見長安惟有一雙白鳥背人飛起晴灘

減字木蘭花甲寅中秋

冰奩乍揭玉宇塵消香霧歇綺陌光浮爭道輕車似水流

衣香鬢影鬥盡繁華渾不省試望京華冷露無聲斗柄斜

望江南

春去也無意掃殘紅減却羅衣寒未覺燒殘香印篆猶濃簾幕掩重重

又

黃葉落深院晚來風坐覺輕寒添惻惻旋看細雨下濛濛苔砌濕吟蟲

又

花飛去宛轉向晴空粘住游絲還落樹依稀猶是在枝紅且莫怨東風

又玉蘭

花如雪掩映玉堦前帶雨和煙揺不定恍疑飛下縞衣仙風袂散蹁蹮

唐多令

小院冷秋光斜陽黯湛黄漸西風天外吹涼颯颯蕭蕭聲不定摧敗葉響虛廊貪撥水沈香吟成句易忘待晚來點上銀釭坐到深宵須莫睡揮淡墨草斜行

虞美人

書空雁影排成字傳出新秋意淮南木落

洞庭波莫問幽人庭院更如何
晚來露咽蟲聲碎斜月纖纖墜竹絲簾子
透涼多坐覺青燈有味耐吟哦

蝶戀花

萬象澄清天宇廓斷續寒蟬柳外聲依約
瑟瑟西風吹繡幕凴欄人怯羅衣薄
繞砌秋棠纖梗弱獨抱幽心無語垂紅蕚
雁陣驚寒梧葉落斜陽庭院秋蕭索

又

最是東風忙不住迎得春來又送春歸去
幾日夭桃穠豔吐如何一霎飛紅雨
踏遍綠楊芳草路十二金鈴猶繫花開處
數尺游絲縈落絮黃鸝百囀深深樹

清平樂

啼鶯破曉似訴春光老喚得人醒飛去了
且自起來吟眺
一庭花雨繽紛和泥碾作香塵任是落殘
秀色依然留得芳魂

又

下帷深坐自把新詞和二十四番風信過
庭院綠陰交鎖
兩絲斜織遙空寒多欲傍薰籠裁就銀箋
一幅沈吟捲作蕉筒

踏莎行 瓶梅

疎影橫斜暗香浮動頻年慣結羅浮夢歲
寒喜得一枝春窗南硯北宜清供
葭管飛灰銅瓶解凍層層開似春雲湧何

須踏雪訪孤山小樓日與癯仙共

又

細雨樓臺峭寒簾幙經旬病起心情惡送春無力強凴欄幾回風裊羅衣薄　柳暗鶯藏池平燕掠連天遠樹看依約濕紅點點逐輕陰飛來粘住秋千索

浣溪沙

昨夜西風送曉寒開簾猶自怯衣單垂楊和雨拂欄杆

綠暈堦除成古篆紅旋空際作迴環一年花事已闌珊

又

瑟瑟芙蓉顫曉霜蕭蕭木葉下寒塘深秋急景太淒涼
白日時聞蟲鬥響西風乍起雁沈行城頭吹角又昏黃

採桑子己未中秋

西風有意迎佳節特地新涼淨掃秋光不

放姮娥倩影藏
繁絃急管誰家院催動昏黄高閣人忙齊
捲朱簾送夕陽

金縷曲 君楚從弟歸自東瀛病起攝影爲題此闋

我與君同氣成句憶兒時受書一室咿唔相
繼未久分馳南北轍十載睽違兩地忽塵
海滄桑變易亂後天涯重聚首已彬彬各
習成人禮欣共話幼年事
高才絶學誰能似更淹通譯鞮象寄旁行

文字病起丰神看略減始信清如秋水願此後益增福祉異日壯遊探遠域遂乘風破浪宗生志憑一語祝吾弟

又

九日讀李易安簾捲西風人比黃花瘦詞句乘興賦此

漸覺風霜肅弄秋光數行歸雁無邊落木向曉陰晴渾未定天氣乍寒還燠早開徧紫萸黃菊待去登高成雅集怕西風吹損雙鬟綠還閉戶倚修竹

堪驚去去光陰速算人生幾逢佳節賞心

娛目落帽龍山傳韻事此日高風誰屬但舉酒滿傾醽醁喜得幽人詞句在醉淋漓把卷尊前讀千載下有餘馥

鷓鴣天

睡起搴帷曉色幽遲遲日影未明樓袷衣初試寒猶重添上輕綿半臂柔啼鳥靜畫簾鈎自移明鏡照梳頭淡妝不喜鉛華染膩粉濃脂匣底收

又風日良美滬濱嬉春者衆某氏姊邀同游某園作此謝之

不是良辰苦閑關出門何物足開顏縱教上得層樓去却少晴巒雨岫看因此日憶當年蓬萊風景絶人寰三山三月花如錦見慣司空算等閑

大江東去 中秋

流雲初吐看嫦娥顧影啓奩微笑十二欄杆光漸滿香獸濃噴瑞腦銀漢星疏瓊筵酒洌清供陳梨棗下階低祝此生今夜長好

安得一葉扁舟凌風萬頃醉泛湖山曉坐覺宵涼生几席乘興猶翻水調拍徧紅牙敲殘鐵板隔院歌聲裊清輝如此金尊休厭頻倒

浪淘沙

節候近重陽昨夜微霜溪頭柳色換鵝黃遥識春來修禊處曲水迴塘

池上晚風涼粉墜蓮房未須對景惜流光好向東籬攜酒待擷取秋香

兒時趨庭受四子書粗知文義年十二三從　母氏攻鍼黹料米鹽遂廢讀然心之所好乘隙輒把一卷閒學爲吟詠不自知其當否緘稿于篋未敢出之近家大人命錄詞稿偶詢莊以詞之旨趣謹舉所知以對蒙許爲可教輒命作一二首又以爲能作乃敢以詩詞舊稿寫呈　大人覽竟謂曰年有四序汝之所詠乃僅二序何也莊復閱不覺失笑蓋

諸作大率流連光景而祇及春秋不言冬夏古人謂春秋多佳日登高賦新詩良不我欺平日喜秋爽尤逾于春和故秋情尤多與之所至不能強也　大人因指示其得失爲選存詩詞各若干首將附刊　大人詞集之後莊竊以塗鴉初學安可災及棗梨惶遽請辭　大人曰不然文字能否係乎天事或下筆即是或白首無成不必多作然後爲佳況

閨秀之作得此已自可存梨棗未必呼冤矣校勘既竟弁附數語以誌慚恧莊謹識

初日樓稿　妹慧靜同校字

辛酉孟秋上虞羅氏鑄板印行

女子之事議酒食操井臼精女紅而已若夫下帷講學
然糠照書則非閨房所尚緣女子所重在德不在才德
優才絀無害爲賢才茂德虧轉足爲詬有時才且足以
妨德故甯捨此而就彼果能兩者交修則如班姬之秉
筆蘭臺謝女之詠吟曲室又何害乎長女莊幼卽嗜讀
余旣嘉其勤學又恐其荒女子之本務恆以爲憂稍長
乃捨去而專攻針黹且佐余理家政撫幼弟日無餘晷
余喜其知所本也偶一把卷輒不之擾夫子早歲作詩
後乃輟作顧煩憂無可寫乃復作詞嘗命莊清繕舊稿
時亦命其助校前人之詞故莊於詞尤好而所作亦工
於詩出語多驚耆宿海甯王忠慤公嘗於亡姪君楚福

裒許見所作謂閨秀安得如許筆力稱異者再及初稿刋成況夔笙太守周頤謂其立意新穎語多未經人道信乎莊之詞可以觀矣夫莊自幼時夫子粗授以文義即糊口四方初未加以啓迪乃他人鑽研畢生或尚未得途徑者莊以隨意得之此固天也非人也憶余幼從先君受唐詩輒學爲吟詠自知淺率欲求深造而先君畢生遊幕在外無從問益于歸後又勤勤整齊益無暇拈筆墨乃吾志所未逮者竟得償之於莊加之次女靜三女慧亦皆能讀書通文事均足令余欣悅雖然使莊等皆爲男子則余之情其尤慰也夫因所作續稿之成漫書其端時丁卯季夏月佩韋老人

初日樓續稿

上虞羅莊孟康

詩

欲雪

薄日斂寒暈林昏凍雀喧天花知欲墜炙硯向前軒

代人柬閨友

小園花事未闌珊當得詞人著意看樽酒遲君同一醉衆香國裏好凴欄

新秋雨後

雨漬庭槐綠未殘濃陰猶過瑣窗寒雲天亂潑垂垂墨欲寫秋光下筆難

秋日有懷鄭文淵姻姊伏波書以代柬

燈火深宵漸可親幾回掩卷憶幽人銀鉤鐵畫簪花體
是否窗前染翰頻

秋高樓閣乍生寒珍重風前莫倚欄連夕月明應少睡
清光只可隔簾看

園櫻見說遭風妬却是樓前第幾株料得封培還似舊
春來能許著花無

不向名園作勝遊依依竹樹在心頭閼情更有黃花約
準擬重陽一上樓

養痾津寓　長者爲製冬衣二襲長可委地考其
尺度雖爲時尚實則宮裝舊制耳服之温暖適

體而同輩輒事揶揄賦此解嘲

此生幸免誤儒冠忽試青袍膽欲寒豈有文章能報國
神州戮力自知難
內家裝束貴當年學步邯鄲一惘然巾幗猶存宮樣體
衣冠何日更朝天

贈靜宜弟婦

山川秀氣鍾靈淑窈窕無雙人似玉燦若紅蕖出緑波
靜比幽蘭在空谷一見歡然勝故交令人三日渾忘俗
每從蘭室挹清芬殷勤共剪西窗燭爲道嘗深花蕚悲
傷心苦恨浮生促從兹善病復工愁瘦來不覺腰如束
我亦鴒原淚未乾相憐同病情彌篤人生哀樂本無端

榮枯得失紛相逐百歲爲歡復幾何當歌對酒休顰蹙

羨君家慶溢門閭歲歲庭闈增第祿小印何須署恨人

蛾眉豈效窮途哭吾季高懷況絕倫藏瑜抱璞守天真

兩京繆篆工摹擬秦璽新鐫妙入神君亦偷閑喜奏刀

同工異曲競稱豪藝林他日留佳話趙管才名定比高

津門除夕

我生卅載逢今夕總傍 庭闈守歲除此日忽教千里

隔稱觴惟有託魚書

燭影搖紅徹夜明臥聽童稚沸歡聲幾回枕上驚鄉夢

恍似 高堂喚小名

題鐫鎮紙銅尺贈飛霞雲錦兩世妹兩妹欲執贄

請業余不敢承詩意及之

空喜埋身故紙堆清難比玉敢量才堅凝自信同金石好把琉璃硯匣陪

自非寶劍值千金也見平生一片心留鎮故人螢雪案下帷珍重計分陰

送別文淵赴津歸後爾增棖觸因寄飛霞雲錦

記得河橋柳似金有人送我淚沾襟歸來海上花如雪春逐離愁冉冉深

病酒兼旬減帶圍詩懷寥落意多違傷離怨別俱無俚惆悵高樓倚夕暉

題靜宜月夜讀書圖并告近狀

皎月流輝滿座隅幽人靜夜讀何書五銖衫子涼應透身似清冰貯玉壺

怕開書帙厭薰香病骨支離欲坐忘爲報故人休念我新來熟讀養生方

檢衣笥見魚弟畫梅花帳額感賦

暗香疎影未全消隔斷羅浮舊夢遥只爲惠連扶病寫傷心怕展舊生綃

得季妹來書知苦寒病足寄此慰之

朔風淒且厲北望起愁歎雁行分兩地朝暮形影單半年不相見一念同縈牽書來頻問我殷勤勉加餐我瘦甯足慮子步胡太艱痛楚常達旦那得無憂煩雙眸旣

炯炯長夜愁漫漫清癯本如鶴應更消朱顏睽隔雖千里手足情自關豈不欲臨視奮身無羽翰願君好珍重休嗟行路難負暄長廊下披圖填消寒知音聚三五言笑相爲歡羣居至足樂寬懷幸少安律回歲將轉復見薰風扇微痾定興辭翩然步姍姍歸來探江梅南國春無邊

長短句

沁園春 汲古閣影宋本花庵詞選大人命重影一過書其後

緗帙初開把卷低哦陽春雅詞是玉林舊槧流傳古矣虞山重影什襲藏之細楷鉤銀鑾箋砑粉線篆朱鈐列整齊簪花體縱效顰未許且學東施　窗前閑寫烏絲

笑鎮日常凭几小案低更貪吟麗句濡毫又擱剪餘殘燭映紙頻窺墨染唇脂香生腕玉摹出名賢絕妙詞塗鴉耳繫短歌一闋聊誌鴻泥

滿庭芳 季妹養痾淮上嘗登南城晩眺歸爲述其景物寥落之狀恨未能詩以寫之因代塡此闋

四字荆榛十年荏苒故園重到堪驚漸荒三徑略認舊門庭却訪茅簷故老歌薤露盡已凋零登高望晴風吹野亂草沒郊坰　愁生當此際傷今懷古幽憤難平歎興亡如夢蠻觸猶爭恨少凌雲才思追全盛感賦蕪城沈吟處夕陽西下晚寺動鐘聲

采桑子

海棠零落香紅謝嬌鳥翻枝一霎驚啼苦向深叢覓絳蘂　綠窗人自成閑坐不似花時睡起頻窺遠樹攀條日幾回

言近旨遠風人之遺　遯園

鷓鴣天

樓外晴霞照眼明南風吹潤葛衣輕樹頭殘雨遲遲滴池上烟苔漠漠生　彈古調倚新聲一絃一詠足怡情年來審識琴書趣座右常懸陋室銘

沁園春 海藏樓觀櫻花賦謝文淵姊郎呈太夷姻丈

拾翠尋芳聯步名園全舒積懷看千重霞綺痕隨風展四圍錦障境自天開思鶴亭前海藏樓外不斷花光照

眼來憑欄處似神山咫尺又到蓬萊　喜從蘭室追陪羨林下風標詠絮才更高齋修謁仰瞻山斗瓊筵盡醉滿酌樽罍對景成吟清談移晷不覺沈沈暝色催歸來晚有一枝攜得插向妝臺

菩薩蠻

仲妹讀花間集謂是編古香穠豔非今人所能學其說良是姑摹其體作菩薩蠻更漏子二闋質之吾妹以爲如何

叢蘭泣露垂垂溼美人堂上停瑤瑟强起步中庭玉階殘月明　流年知暗換未忍捐秋扇弄影愛團圞佳名記合歡

更漏子

柳煙濃花雨細寒逼繡幃人起臨曉鏡洗殘妝黛眉添

晝長　春過了愁多少滿地落紅誰掃垂玉押倚金鋪
望沉雙鯉魚

二首摹花間即酷似花間甚奇　邈園

一翦梅

春暮偏宜坐小樓端整湘簾掛起銀鉤柳花當面弄輕柔迴雪翻香逐隊成毬　林翠浮空淡蕩流風瀉涼陰濃潑牆頭綠天好景占清幽不惜韶華特爲人留

減字木蘭花　魚弟爲畫梅花帳額自題小令

疎疎密密萼點生綃紅欲滴標格天然不著繁枝瘦可憐　宵深漏永斗帳夢回清見影一餉瞢騰疑在羅浮最上層

齊天樂

海藏樓東南偏新築盟鷗榭成因瞻勝概率倚新聲

誰移靈鷲雙峯翠當門巖然而峙曲徑通幽環池湛碧雲影天光無際軒窗洞啓有柳覆輕陰松生涼思坐對層樓倚空睥睨傲餘勢　逃秦今日何地蓬瀛疑在望風景猶記世外桃源山中甲子茲意閒鷗同會年年歲歲看滿月凝輝好花籠蘸容我頻來置身圖畫裏

漁家傲

乍喜新涼停畫扇誰知暗裏流年換入耳秋聲聽未慣驚起看池塘葉葉青荷戰　風壓涼螢沾水面銀河垂地明如練何處樓頭吹玉管音宛轉夜闌滿引清商怨

南唐北宋之音陽春珠玉之響此境殊不易臻　遜園

水調歌頭 海藏樓登高視文淵

爽氣揭天宇，佳日正重陽。幽人置酒招我勝境賞秋光直上瓊樓高處俯察滿前景物纖芥未容藏只惜東籬下纔放一枝黃　歷千古垂百代幾滄桑流傳故事今日猶自不能忘見說登高兒女一例佩萸簪菊相率與如狂何似名園內雅集醉瑤觴

點絳脣 理書簏見君楚弟書札墨迹猶新墓草已宿撫今追昔黯然書此

光霽銷沈空傷手蹟留箋素暮雲春樹不盡殷勤語　念子平生忍說聰明誤埋憂處白楊黃土幽怨憑誰訴

漁家傲 文淵于歸後作燕山之行脂車待發紆軫見過匆匆言別近久不得來書賦此憶之

正是天寒愁日暮故人辭我燕山去唱徹陽關留不住

臨歧路停驂猶致殷勤語　別後那堪無尺素幾回天末空凝佇北地風沙知慣否登高處望雲應自縈離緒

江城子　喜文淵見過姊愛淡妝是日簪翦綵新花因戲及之

人隨春色到南中喜相逢訴離衷笑看新妝未比舊時濃只有釵頭雙綵勝香裊裊顫東風　當時遠別惜匆匆盡三冬思無窮今日晴窗何意話從容轉眼名園花事好重載酒與君同

採桑子　甲子春君魚弟病甚侍兩親日夜守之旬餘不寐事後追憶當時慘然有述

輕寒惻惻生遙夜短燭將融渾不禁風蠟瀉金荷砌冷紅　藥鑪裊盡參苓氣望斷天空那得矇矓醒眼猶疑是夢中

十六字令

飛雁陣橫秋一字齊懸清淚望斷晚風時

浪淘沙

殘雪薄林隈曉色晴開東風依約報春來生怕脊令原上草早晚青回　一病減詩才難寫悲懷若傳消息到泉臺應怪女嬃無好句也自心摧

臨江山晚檢魚弟遺稿悽咽就睡中夜夢醒倚枕成吟

理罷叢殘腸欲斷玉鉤忘下簾旌夢回小閣月籠明春期猶未半斗帳已寒輕　此後風光須換眼那知人事凋零池塘春草縱青青當時吟斷句今日但吞聲

浪淘沙魚弟忌日　慈親命偕季妹儷弟設奠齋中

扶病下樓臺展拜空齋傷心一載紫荆摧玉樹臨風留幻影祇令人悲　故物鎖重開忍使塵埋香鑪茗椀妥安排惟願魂兮今日裏真果歸來

南鄉子　謝閨友問疾

纔過落花天海國寒深未卸棉病起情懷猶索寞雲邊忽喜飛來五色箋　佳句愛清圓恰似明珠走玉盤遠意殷勤勞探問平安兩字還憑尺素傳

玉樓春　文淵初歸傾談歡甚拈此爲贈

故人慣作經年別離索情懷常似結去年今日送君行南浦春波愁萬疊　交深何惜音書缺贏得相逢情更切綠陰清晝共流連不負江南櫻筍節

浣溪沙

疊雪輕衫試越羅，晚來池上看新荷。一春煙景等閒過。已惜殘紅隨逝水，須催仙步早凌波。薰風應不遜陽和。

減字木蘭花 在津寄季妹海上

青蘋風起，回首南天無限意。秋水懷人，尺素殷勤託錦鱗。深宵燈火，獨自攤書應憶我。料得詩成，意穩還愁句略生。

如夢令

又是涼秋時候，淅淅商飈吹驟。無力上層樓，落得閒庭負手。人瘦，人瘦，莫問江潭楊柳。

南鄉子 陳叔恭姻姊索書便面賦此謝之

絕藝擅丹青三五年前早識名曾寫冰紈勞素手圖成一片穠華照眼明　今日喜班荆索我揮毫苦未能願待臨池功候熟消停馳檄憑君到管城

漁家傲

青瑣樓高人倦倚病餘自怯腰肢細却度微吟臨玉砌閒坐地時時弄影清光裏　又向長空吹雁字西風何苦能多事落葉飄飖森夜氣低擁髻傷離感逝情難已

西江月 中秋不飲

記得前秋今夜團圞共對清光渾忘人世換滄桑滿祝山河無恙　去歲悲摧雁序一樽强奉高堂今年有酒

不能嘗扶病天涯悵望

高抗之調易成粗直能有寫曲之意自佳　邈園

漁家傲　中秋寄弟妹

不放清光來眼底姮娥似惜人千里纔慣分攜猶苦憶當此際離愁壓損眉峯翠　高閣去天空尺咫白雲何處瞻親舍待把音書連夜寄風滿地水寒猶恐沈雙鯉

清平樂　謝靜宜贈綃帕

伊人似玉贈我雙綃幅密界朱絲光耀目淺勝西湖新綠　臨歧別淚須彈好將挹取斑斑不學江州司馬青衫溼透難乾

鷓鴣天　九日

强欲登高舉玉鍾還愁沈醉越矇矓故園夢寐心徒切
落日關河眼易窮　憔悴損寂寥中不如隨分立西風
雁來定有音書寄好傍東籬卽拆封

沁園春 得季妹小照填此寄懷卽題其上

手把新圖幾度凝眸離懷黯然看亭亭倩影神傳紙上
綿綿遠道人隔南天梳掠偏宜鉛華不御一種伶俜瘦
可憐翛然處似玉梅花下鶴守天寒　從今珍重加餐
便感逝傷離淚莫彈把心魂相守漫嫌腹負圖書收疊
少坐更闌高謝浮名知君未肯聊博燈前一笑看歸期
阻願常憑魚雁報我平安

鷓鴣天 寄文淵海上

乍聽晴空響塞鴻樓高天遠望難窮故人江左知無恙看到黃花興自濃　傾鑿落鬥玲瓏清尊密詠與誰同涼秋豈獨吟懷健雛鳳應能學囀桐

滿江紅　除夕侍伯父母大人坐貞松堂夜話

飲罷屠蘇侍杖履起消酒力閒指點籤牙軸玉琳琅四壁松柏歲寒知漢臘鼎彝器古尊周室問圍爐翦燭話滄桑今何夕　思往事追陳迹空塊壘塡胸臆便移山揮日只餘太息矯首南天鴻絕響驚心北闕駝生棘算掛來牆角尚多情當年歷用遯渚詞意

江城子　與靜宜踏雪中庭

九天咳唾盡瓊瑤趁風飄下層霄銀海生花咫尺素光

搖清極不知寒氣重乘逸興踏庭坳　海棠樹下步周遭折枯條當詩瓢擊節聯吟相對興須豪指日分攜千里外波浪闊一帆遙

虞美人 將返滬靜宜以香盒名香贈別先期見示戲酬此詞

感君鄭重貽懷寶贈別何嫌早鏤金小樣勝宮薰滿貯沈檀末爇氣先聞　從今月白風清夜坐對幽窗下我無紅袖爲頻添只有留香常不捲重簾

又 題照贈別詠梅長嫂

相逢記得憐清瘦握手河干久半年聚首話從容贏得臨歧惜別倍情濃　漫云紙上人難見後約期非遠待他小阮慶宜家來酌賓筵歡笑醉流霞

浣溪沙 又留別佩芝弟婦

陸道烽煙行路難歸程猶是一帆懸與君指日隔山川
爲寫新圖留瘦影更傾別語盡清歡悠悠此去會何年

採桑子 留別子柔妹

與君半載聯牀久聽雨聽風語默常同不覺相親意氣融 解衣推食何憐我且喜芳蹤即屆南中轉眼依然一笑逢

玉樓春 答劉初容甥女

新詩脫口霏珠玉之子聰明工詠絮言愁我亦欲生愁未到臨歧縈別緒 不須相送長亭路忍見潮生帆影

去桃花潭水比深情何待聞歌心始喻

採桑子 丙寅新春大人北上挈余南旋落燈之夕抵家慈親已倚閭盼切矣

半年重睹江南景燈火熒煌車馬如狂九陌飛塵不斷香 門庭依舊人無恙換卻行裝遶膝稱觴喜看盆梅正吐芳

沁園春 海藏樓祝鄭姻伯母古稀雙慶晚寒峭甚文淵姑假以一裘詎當筵大醉吐漫襟袖次日方歸猶伏枕三日賦寄文淵誌歉

玉盞頻傳酒力難勝淋漓滿裳怪春寒鑄錯珍裘借御瞢騰一霎顧惜全忘良友多情醉人無賴那免臨風自恐惶還堪笑說金貂拚解換酒何妨 滿沾襟袖餘香算不負沈酣睡這場勝羅浮月滿蝶衣輕化苔陰露重

鶴夢添長拂拭殘妝[illegible][illegible]倦眼扶醉歸來已夕陽從今後把樽罍遠避涓滴休嘗

臨江仙 是晚座客皆醉惟于[illegible]叔姊灑然獨醒但亦渴甚終夜夢索橙橘作此調之

衣上征塵猶未浣能禁痛飲忘形歸來三日困餘酲懨懨惟伏枕瘦骨苦崚嶒　獨擅豪情傾四座服君雅量天成閨中名士儘堪稱醉鄉留韻事夢裏索吳橙

蝶戀花 餘酲未解風信催人強出一看櫻花

淺水園林寒未盡黯澹斜曛恰似人扶病欲向花神通問訊應嫌屐齒蒼苔印　風亂流霞生彩暈離合神光望裏無憑準衫袖忽驚沾墜粉晴蜂飛起香成陣

浣溪沙

水漾晴光柳暈陰間關鳥語報春深綠窗無事度金針
病裏怕看腸斷句樽前難免惜花心日斜風定一沈
吟

又

不信春歸疾似梭飛花偏向眼前過夕陽影裏亂紅多
纔綴游絲飄錦帶又隨流水旋迴渦新詞須唱定風
波

又

隴畔參差麥未齊竹林深處舞山雞閒行不覺過沙隄
鵁首徐迴浮漲綠翠翹欲墜礙花低迎人浣女擣衣
回

臨江仙 訪文淵問北上行期時櫻花就謝矣

不見芳華重照眼，高樓望斷斜曛。半天花雨散繽紛。東風吹不盡，萬點正愁人。　惜別情懷常悄悄，怕看南浦飛雲。誰能刻意復傷春。清狂非本色，甘遜杜司勳。

大江東去 得飛霞書賦以代簡

伊人無恙，喜朝來五色雲箋新捧。一往情深無限意，添得離懷千種。驛寄梅花，魚傳尺素，惆悵終何用。流光冉冉，舊遊回首如夢。　常憶賫茗薰香，笑談忘倦，倒峽詞源湧。暝色催人留不住，執手殷勤相送。尊酒論文，西窗翦燭，爲問何年共。書難盡意，眠餐千萬珍重。

金縷曲 雨窗有懷雲錦因書紈扇貽之

庭樹濃陰覆晝沈沈窗幽簾潤節過梅熟遙念故人千里外白袷新更輕縠更晞髮常乘朝旭那識南天烟雨重倚層樓渾似棲幽谷寒料峭戀春服　有時簷溜如飛瀑濺珠璣斜侵香篆斷薰難續風雨懷人當此際愁絶書沈魚腹空悵望山重水複且裂齊紈裁素扇握團圞入手清風撲憑驛使寄燕北

菩薩蠻 仲妹贈園桂賦謝兼有望蜀之請

秋香競綴釵頭玉已知綻徧黃金粟欲買更遲迴嫌他城市開　數枝雲外至一霎香飄砌待放隴頭梅還教驛使來

臨江仙

似水閑庭光欲凝玉堦照影玲瓏雙垂簾押靜無風涼螢明暗堵清露洗華桐　凴暖欄杆忘漏永心隨皎月流空好天良夜儘從容誰能馳九陌車馬苦匆匆

漁家傲

木葉聲乾涼意滿牆頭屋角秋零亂落月穿籬光照眼清露泫牽牛花裊青絲蔓　便覺越羅寒不暖袷衣欲試吳綾軟早晚凴高迎候雁窮睇眄疎林指點霜楓岸

落月三句靜細無倫通首則之歐公十二月鼓子詞中當無慚色　邈園

減字木蘭花

芙蓉江上空水澄鮮清入望雁起銀塘搖落蘆花白似

霜 採蓮人往縹緲歌聲雲外響長笛驚秋誰倚高寒奏石州

詞或以意勝或以境勝此則以境勝者 逸園

採桑子 文淵南歸訂期賫酒賞菊賦此謝之

離懷那覺流光速一自分襟常費沈吟十二時中萬里心 相逢喜值清秋節可奈而今醉已難禁縱有醽醁不敢斟

雨中花

細雨將寒連夜落怪春色無端作惡正楊柳含愁海棠如睡冷破櫻桃萼 懶試芳樽酬酒約更江上頻傳鼓角待風日晴開氛埃洗盡再向花前酌

南鄉子 冒雨海藏樓看花已而稍霽文淵欲偕詣樹下見其衣單卻之

樓外溼紅殷冷豔何當隔霧看不是不能花下去姍姍秀骨臨風恐怯寒　攜手幾凴欄相對分明興未闌卻怪雨聲催客轉潺潺似勸天晴再款闗

金縷曲 魚弟忌日

風雨摧荊樹歎浮生水流花落三遷歲序空向天涯揮涕淚杯酒難澆坏土問今日神遊何處江上戰雲迷斥堠正千家野哭聲淒楚應跨鶴下凝佇　蕭齋草草陳樽俎怕高堂愁添白髮傷懷觸緒昨夢魂歸曾語我休爲悲歌薤露已寸草春暉莫補願祝庭闈憐弱弟樂桑榆看取斑衣舞修短數本天賦

攤破浣溪沙

簾外東風暖玉鉤晴薰花氣上層樓人醉韶光如中酒困扶頭　擊節懶吟長短句憑欄閒看去來鷗池畔秋千懸倒影壓輕流

浪淘沙 文淵北上有期杼辭送別促拍成聲

長路祝平安珍重加餐年年分袂總春殘紅藥開時清晝永不共盤桓　春去欲留難忍看春還送春詞句已闌珊何況渭城親折柳更唱陽關

余自辛酉年成詩詞稿一卷後此遂少所作甲子季春魚弟蘭摧爲有生來未經之奇痛則更文通才盡君苗硯焚余體素健至是當食而哽遂罹胃

疾乙丑六月侍　大人至津門祝　伯父六十壽
伯父素慈愛余訝其瘦因留小住至翌春乃歸
津寓羣從多諸嫂妹朝夕聚晤蒙古升相國女孫
飛霞雲錦兩世妹又相與論學不慮岑寂除憶
兩親外時復歡笑乃稍稍加餐氣體漸復閨友多
欲得所作時有贈答之什所積漸夥歸後一年不
廢諷詠比因　大人索觀謹繕呈清稿　大人爲
選留十七八付之剟氏余維稿隨時積亦當學與
年進續稿所作強半與人贈答且往往不容思索
迫令口占境雖較熟然熟則易流難得綿密堅凝
之作　大人自作於此等詞汰之務淨而顧於余

作過而存之殆以閨幃弄墨選之不必過苛歟覆閱一過心滋愧巳丁卯季夏莊識

初日樓續稿　妹靜慧同校字

丁卯季夏上虞
羅氏鑄板印行

初日樓遺稿

壬午孟冬上虞羅氏印行

姪鴻祖謹署

序

昔人謂填詞為小道殆以其無關於民生國計非學者之急務也若有閨幃能於中饋餘閒以之抒寫性情則亦不失為韻事孟康内子雅擅倚聲運筆空靈含思温婉深得詞家正宗早年即有集行世人多激賞之時朱彊村況蕙風兩前輩方結詞壇於海上頗喜汲引後進聞蕙風甚欲致孟康於女弟子之列而集中未見諸老一言弁首心頗異焉後乃知外舅心井老人恐盛名損福不欲其有聲於時而謝之也噫嘻彼長者之用心誠可云至深且厚矣特孟康今日

之處境抑又何如蓋予既遭家多難終歲鬱伊猶須强顏入世以謀饘粥身世之感有不可勝言者孟康惴惴然惟恐予病支持鹽米之不暇遑筆墨叢集更夙夜為分其勞形神交瘁乃攖心悸之疾伏枕兩年未能有間幸神志湛然視聽且强於平昔藏獲子女罔敢失其故步客過之者見門庭整肅座無纖塵咸不信其内主之沈綿牀榻也然不滿而仍招損憂人轉以自病天道福善之說寧可信耶予憫其疾若惜無術以速之瘳乃為刊行詞稿以慰之編次既竟聊綴數言顧時艱日亟所願多違雖思災及梨棗亦未

審成於何日耳辛巳孟春周延年識於萬潔齋

初日樓遺稿

上虞　羅莊　孟康

文

海東雜記

宣統辛亥之冬，伯父避地扶桑，次年春馳書見招家大人，遂亦挈眷東渡，卜居西京之鄉村。西京四面皆山，舊稱山城國。初居田中村，再移神樂岡。其地風景幽勝，氣候適中。小樓一楹，僅堪容膝，而纖塵不染，席地憑几，猶然古風。窗外山光嵐氣，朝暉夕陰，奇瑰不可名狀。繞屋則溪流如帶，日夜潺湲，比屋而居者有劉季纓姊文大紳王靜安姻文國維二家多僕媼童稚隔籬呼答悉作鄉音頗不岑寂 伯父所居較遠亦相距百餘武耳故鄉儆擾不見不聞堪稱世外桃源矣日本以產櫻花著名山岡之上隨處皆是每當春季花皆盛放輕紅淺白嫋娜生姿視桃李海棠別饒風韻風和日麗之辰余嘗徘徊其下如張錦幄清風時來落瓣沾襟袖令人憶李後主詞也其點綴秋光者則有丹楓千林皆醉宜于遠觀靜安文有詩云漫山塡谷漲紅霞點綴殘秋意太奢若問蓬萊好風景為言楓葉勝櫻花二者皆海東勝景各有佳

處秋士意興蕭疏故尤賞楓葉耳雖山川信美惜非吾土終難已故國之思余嘗賦臨江仙詞換頭云見說蓴鱸今正美歸心暗逐潮生興來我欲告山靈吾鄉西子貌視汝更娉婷其實西京但少水景其餘風物何讓西湖其不以人為變其天然態度尤視西湖為勝彼於一水一石非無人工點綴然皆保存舊觀不失天然雅趣視吾國之強令西子作西妝者得失判然余之所言固不免阿私所好耳鄉農勤於稼穡山地夾砂石可耕地少有之必盡力培壅每畝所穫反倍於吾國此間耕田用馬吾國關外亦然南方土

性粘微牛力不足起土土質鬆者馬足勝任矣插秧必界繩為行列吾國則隨手插之匀與彼等熟練之故也風俗淳美田夫野老接人恭謹有禮築室編竹為垣表裏均塗以粘土厚不及半寸一蹴可毀雖有門闗木薄如紙垣短躍之可過而從無偷兒入室道有遺物無人拾取警員巡邏時乃拾而貯之警署標其名目於署壁以待失者認領恒見道有遺物過者不顧及歸途其物仍在蓋尚未有警員行過也劉姊文之弟嘗出市布並買雜物又至理髮店及歸覺有時辰錶遺失莫可蹤跡次日理髮店人送還之謂此

物非日本式昨日外國人來者僅君一人故知為君物蓋其人與劉君素識悉其居址也售雜物之件皆婦女主之其物置店中由高而下如階級然分層羅列最低之數級俯拾即是然無人看守其婦女皆在內室為烹飪洗濯等事必購物者呼之方出交易後得價申謝即又入內如在他國被攘竊者多矣而竟無人取其一物夫夜不閉戶道不拾遺古則有之今日已成空談不圖於此土見之特西京地僻淳風未漓其繁盛都市則竊盜均有之矣居東二年最令人驚心動魄者為乃木大將希典殉明治天皇一事當

天皇奉安有期大將決以身殉預作遺表及遺書數通與其夫人及知交屆期羣臣執紼恭送大將獨家居間梓宮出宮之砲聲即切腹自裁夫人已偵知其志同時亦自盡殉夫大將為此具有深意蓋其時有權奸秉政如吾國袁氏者其心叵測恐嗣君為所誘惑而動搖國本故效古人尸諫雖遺表未宣布國人有心者皆喻其意於是各報紙著論推崇累牘不休甚至大將所用之一杯一箸一几一杖以及兒時之玩具皆攝影列之報章權奸惶懼未久即不起殆所謂千人所指無病而死者歟　伯父王姻丈及　家

大人皆歎仰不置　伯父為道大將軼事　大人每日為據報紙解説其旨雖吾輩小兒女亦不能不為動容也大將嘗與旅順之役二子皆戰歿是役雖勝所傷實多奏凱後駐軍金州有詩云山川草木總荒涼十里腥風新戰塲征馬不前人不語金州城外立斜陽雖勝不驕且含有無限淒楚靄然仁者之言也已而諸人因日用一切均不慣劉姊丈先挈眷返國餘人亦先後去余等遂亦於甲寅初春内渡卜居海上未去者僅　伯父耳故國重歸神山已邈覺彼土有令人繫念不忘者故泚筆追記其習俗亦不能盡

滿人意則畧之亦居是邦不非大夫之義也此文記述甚早因初稿續稿皆有詞無文未得列入茲故以冠本稿文編之首

書君楚從弟手鈔唐詩遺冊後

予幼與君楚三弟從　嚴親受學均邀激賞後此南北分轍聚首時少歲己未弟歸自海東養痾滬上共敘一廛朝夕談讌極歡時復拈弄筆墨以為娛樂此冊即當時書貽三妹者也羣居之日弟以授三妹譯文故饔飧恆失其時每盤餐既具而講授未終必不為輟促之惟漫應之其皇然就座則羹炙冰矣弟婦病之積有違言　慈親不憚追弟婦之津弟獨留遂

析居漸絕過從咫尺之間有如秦越弟妹等殊有離索之感爰各珍其手蹟以誌鴻泥時以海內存知己天涯若比鄰爲解孰意弟北歸後於今歲之秋竟病歿於津寓嗚呼往事成塵甯堪回首耶笥中舊藏弟之手書數幅至今不忍睹之會仲妹以季妹所藏獨多從之乞焉季妹發篋出此冊墨跡如新斯人已杳鐙前相顧不盡黯然回憶曩者初習倚聲每成一闋弟輒激賞不已數月來甚思製一挽辭以寫同氣之誼知己之感顧意緒茫如困循未就然終當勉填數解也二妹既得是編重加裝整因濡筆書其後

為季妹錄古詞於初日樓稿書眉並記一則

季妹欲學詞苦究其奧旨昔人謂填詞非難協律為難予雖習長短句多率意成吟於五音六律清濁之分曾未窺其涯涘妹則善守繩墨者非可語以自然殊覺窘於為對因擇古名家之作音調流美者為錄存於此雖闕數不多然能玩索而尋味之或竟由此而得其蹊逕亦足為初學之助矣嗟乎使吾得際承平之世讀有用之書養其性靈以成學問詎僅以引宮刻羽為事而乃轉徙流離飽經憂患非徒學殖荒落形神亦漸歸凋敝設一旦奄忽異時妹見小歌詞

之可喜者必逡巡掩卷曰昔惟姊氏能之今無其人矣退展茲編有不愴然涕下者乎則此斜行細草觸目驚心亦徒增人清淚已耳噫

君魚弟小傳

弟諱福嘉字君魚齠齔端謹異常兒七歲受小學書琅然成誦會國難作避地東瀛　大人端憂多暇乃自為講貫經史悉能了解逾年復內渡樓遲海上横流日亟禮教凌夷不能求學於外時又生計窮戚大人義不飲盜泉覓食枯蟬故紙中日不暇給遂無能課其學業弟方總角不為童遊每襆家人操作之

餘輒自誦習默識心通久而所學大進比弱冠日侍
大人治故籍校讐采輯博極羣書觀覽既富知所
去取盡得為學之道居常習於庭訓以禮法自繩性
本儉樸長益沖澹寡欲雖法書名畫非所好起居服
御尤不辭簡陋居家曲盡孝友平日侍 兩親未有
不笑而先啓口者 兩親有詔語亦未有不以笑靨
迎之者嗚呼先聖色難之訓弟殆明其義矣貌雖和
易而於世固落落寡合有以宴遊飲食召者謝不一
赴惟遇人有急難則趨之恐後摩頂放踵所不恤也
出必端拱疾趨即百戲陳於前未嘗少駐矚目識者

服其凝重或以迂闊譏之意不少動且益為木強以
故人鮮知之者武進陳容民太守與　大人為道義
交每來談恒肅立旁聽退輒告人以所聞往復鄭重
必達其旨蓋景仰之私有不能自已者　大人聞之
喜其能知向道也為請於陳師得執弟子禮由是益
自奮勉祁寒盛暑非涉丙夜不釋卷舉凡古今治亂
之要天道盛衰之理具能參解其端落筆為文簡勁
有古致陳師器之甚每稱於人曰是子見道明説理
透可與言聖道之大數十年來吾未見後輩有此矣
嗚呼孰意天奪其年不使造就耶先是　大人印行

宋本東坡文集用新法以鉛鑄版全書皆成於弟手未免有傷筋力辛酉之秋咯血數四次年春疽發尻際然猶伏枕讀書百餘卷長夏創稍平能伏案事篆刻方共喜其有瘳詎入冬咯血復不止病甚歎曰吾惟不善養其心致憤世嫉俗積憂成痗今乃知褊狹之過矣嗣是日就沈綿頹然伏處顧心轉以窒謐猶冀能有起色已而委頓益甚方以為憂一日昧爽疾忽上逆絕而復甦逾數刻復作竟不能救奄忽而終弟生於光緒甲辰年十月二十四日未時歿於甲子年三月十六日申時年僅二十有一嗚呼痛矣歿後

父執諸老哀之彌篤其始不敢赴於陳師及聞耗痛形於色倉黃求弔　大人截之門力阻郝之閭里見者傷悼涕零嗟乎於此可想見弟之為人矣以齒卑學未就　兩親不欲為求銘誄之屬莊恐歲久湮沒無聞謹為綴述錄附遺文之末差不沒其生平異日或得繫諸家乘以永其傳也

趙舉之詞序

灰飛葭琯南國春回允宜一探梅飄而小病浹旬閉關不出殊苦無俚忽武進趙夫人翩然蒞止以其女公子舉之和珠玉詞見示欣然開卷細楷鉤銀蠻箋

研粉已為之神往再一按拍則珠圓玉潤有字皆馨無辭不豔曼聲試度不覺積痗都消其感人之深蓋可見矣夫詞之所難在氣息近古此可意會而不可言傳舉之所作深合斯旨標擬原唱甚多類似詎非已參上乘耶予幼喜讀詞　家大人即詔以勿覽近代人作故每拈一調識者許其不戾於古今中年過矣塵慮侵尋無心更按聲律後起之秀屬望舉之君方盈盈綺歲恰如名葩初苞朝旭將上長於璇閨繡幄之中逞其裁月縫雲之技所謂琉璃硯匣鎮日隨身翡翠筆床無時離手者有足當焉況其兩尊人並

擅倚聲，嘗從朱彊村、況蕙風游，久爲詞壇所重。君承家學，宜其造詣日深矣。此時一門風雅，固已望重東南；他日得畫眉夫婿，共譜新聲，更唱迭和，福慧雙修，定將駕易安、德甫而上之。識者當信吾言之必中也。

祭公毅從兄文

維年月日，妹莊謹以清酌庶羞之奠，致祭於公毅大兄之靈曰：人世代謝，往來循環。修短有數，造物微權。其毀其譽，論定蓋棺。維我伯氏，生而明賢。潤身以德，心廣體胖。十行一目，腹笥便便。文窺漢魏，術擅申韓。壯遊異域，歸著先鞭。律持三尺，譽滿大千。早攖憂患

莫訴煩冤承歡無術志苦心酸況當綺歲曲諧雛鸞
深悲故劍勉續新絃有弟短折痛切鴒原經營身後
委曲求全椿蔭既凋巨艱獨肩千里負骨母靈以安
愛撫羣季無頗無偏心力交瘁詎復長年彌留頃刻
弗及鍼砭斯人不壽行道興歎況吾與子同氣相關
縈聞噩耗悲摧肺肝傷哉邱嫂遽失所天藐焉諸孤
各抱遺編必昌厥後應慰重泉憶我客歲隨侍淮干
聚首數月適館授餐追陪吾父臨水登山竹林勝概
重見人間憐予弱質友愛拳拳流連觴詠商略丹鉛
君擬康樂我慚惠連秋風返棹月滿前川舊遊回首

已悵靈烟豈圖一旦遽遊謝塵寰泉臺寂寂長夜漫漫招魂遙奠設席肆筵恭陳酒醴滿實豆籩悲風忽起靈其言旋願歆一觴佐以肥鮮北望嗚咽泣涕如漣嗚呼哀哉尚饗

代鹾局同人祭　三叔舅文

維年月日同人等謹以清酌庶羞之奠致祭於夢坡周公之靈曰嗚呼我公哲嗣靈鍾門承通德世仰高風生而岐嶷長而雍容年方弱冠馳譽黌宮跡阻鵬程棄儒而賈牛刀小試其利大溥浙海之東場濱斥鹵經營卅載衣食萬戶光宣之際新學競興爰設鹾

校用迪後生蘇浙接壤初通轍跡拒欵風潮震驚鄰國呼號奔走公與其役倍歷艱難深資擘畫武昌事起玄黃反覆感喟滄桑隱居滬濱世值貞元夢感玉局晨風結社詩成刻燭孝思不匱建塔理安金經手寫花雨諸天優游圖史跌宕琴樽搜羅文獻著述等身抱殘守闕端賴斯人泊乎晚歲煙霞是癖尋幽選勝扶節躡屐梅補靈峰湖山生色秋雪菴中羣賢畢集揚風扢雅不遺餘力念公生平得天獨厚曲奏霓裳詩賡黃耇古稀之辰方謀爲壽豈圖一旦寢門瑟撤貞疾彌留謦欬莫接嗚呼哀哉昊天不弔公竟云

亡山頹木壞薄海同傷星霜雖換悽愴難忘來瞻素旐悲激中腸敢陳俎豆恭奉馨香同伸哀悃奠公一觴公其有靈歆此椒漿嗚呼哀哉尚饗

丁丑滬溪避兵記

丁丑戰事陰曆六月首爆發於蘆溝橋更蔓延各地七月八日早九時滬上亦開火時外子為美國設立之約翰大學教師卜居學校附近校中因暑假停課其地不屬租界戰事瞬可延及鄰舍紛紛遷徙乃亦移入租界至檳榔路金城里依　兩親而居時終日砲聲震天機羣翔於雲表忽聞爆炸則屋宇為之動

搖勢殊可怖然租界爲各國公地除流彈外不至直接被兵予家居滬廿餘年凡肇和之役齊盧之役奉直之役淞滬之役經歷既多已成司空見慣外子初覯此變懼怯殊甚欲遄返故鄉予謂故鄉雖安一旦戰事波及又不若此地之有保障外子以爲然而不能自止心之震懾已而戰事久延界内某公司某遊戲塲與外灘等地連續落炸彈死者前後數千人陳尸狼藉血肉紛飛人心大恐羣奔竄以謀安全本里之人去者大半於是君儀弟及次妹仲安居徐家滙者均欲隨余等至潯予謂果大家皆行予亦贊同而

兩親執不可以為內地之危甚於上海又遷徙無資一舉足則纖芥皆非我有且時因遷徙而反罹難者有之堅主不動奈外子寢食俱廢　兩親因命予等自行予思捨　兩親而去抵死不能然迫於情勢不得已於七月廿三日一行至車站以諸兒付之乳母目覩彼等登車獨自脫身歸家雖遭　兩親之責然心則稍安已而得彼等安抵之信意益寬貼詎中秋後學校於租界賃屋開學促教師出席授課外子將來滬覓宅無主　兩親令予往替之時上海形勢漸定租界確可苟安予既不得不行遂約兩地時時

通函俾知近況予抵滬外子即去滬時滬地甯謐物價甚廉予亦安之九月上旬　嚴親自淮安返滬由吴門易車來滬視予意欲挈予等返滬時予有寒疾卧牀不起着旬日　嚴親恐路斷不能久待重陽後三日見予漸瘥遂行囑俟予信即遣人來迎及予病起甚憊又視滬地頗安轉作稟請緩行設事急當發電不知其時電不得發因此猶豫遂至鑄成大錯也九月下旬聞滬兵西退漸及内地心乃惴惴即决計返滬結束行李且發電詎電局已撤詢知當局於杭垣失陷前月餘即準備撤退局所均停辦時滬杭鐵

路已斷又傳甯波船亦停航知返滬無望惟郵局尚收信乃具稟寄上海謂將同親戚避難他所請勿念然自分無生望憶上海篋中有未刻之詩文詞稿請外子檢出保存將來令奉高姪為編定印行此函竟於一月後得達蓋省主席既去後任者復設郵電至省垣失陷方停故此函仍得達也既發函乃與夫弟子餘及印氏梅氏桂氏三小姑商量避地之所衆議各路皆阻惟宣城之瀛車公路尚通外子從弟君梅執事於該地之江南鐵路局　伯姑方就養於此宜往投之印氏姊僅一人擬避鄉間不欲遠行梅氏妹

家口多擬獨自避某地惟桂氏妹因家無男丁願同行議遂定歸而卜之不吉然捨此無他途遂又函稟滬上時予已結束清楚僅待桂氏妹耳初九日平望震澤避難者麕至初十來者更多知事急諸桂促其行十一日妹來言次日可行潯溪瀛車本可直達宣城至是僅短開至杭然予等人多攜物亦夥謹可乘瀛艇十二日五鼓各雇小舟會於埠頭予家有子餘及兒女四人女僕乳母各一人並予為八人桂妹則攜兒女五人一行共十四人天明啓椗夕抵杭寓拱宸橋旅舍探悉寧城瀛車早閒開出車少人多不及

乘者頗衆心竊憂之天明至灤車站則門閉候車者多折回詢之則車已停駛蓋昨日爲末班矣予等乃亦折回旅舍相對惶然進退維谷時省垣警信頻傳民間紛紛遷徙知不可久處入一廟乞神籤亦令速行先是邱氏姊言潯西北鄉間之大唐兜有姨弟俞誠如君先期避此如宣城不得達可返潯至此地依之詢知赴湖輪尚有遂復登舟次晨至吴興入旅邸將在此雇舟至大唐兜予餘及女僕四處覓舟不得予亦循行水濱默誦佛號果無一舟往來忽有自後呼予者曰君欲雇舟乎予面之儼然一舟子也應之

曰諾舟安在則出之水汊中蓋防官府使之應差也
兩家各雇一舟告以所指每舟僅索六金廉矣薄莫
抵大唐兜其地乃一鄉村在潯鎮西北三十里距太
湖七里凡一水之盡頭曰兜所謂某兜某兜者皆水
至此兜轉不流也村之居戶約二百著姓爲陸氏村
地有三百頃屬之本自平湖移來清獻之裔孫即俞
君之甥館也舟停子餘先登詣陸訪俞俞君令臧獲
來迎荷行李予給舟人以值偕入陸氏宅宅閎宏敞
俞君爲賃樓二間樓下客室廚屋各一間月十二金
兩家分居之略具桌椅而無榻則藉稻稿於樓板卧

軟而溫亦甚適此十日來自定計逃亡擗擋行李結束一切鎮日惶惶以出奔更席不暇煖每聞謠諑覯變異諸人輒自擾亂欲如何如何予以爲臨變最忌心亂持以鎮静默不一答但擇其近理者行之幸得化險爲夷予本舟中一客奈同舟者無定力遂勉作舵師今日正如海舶在驚濤駭浪中得一避風之港汊矣是夕主人爲具晚餐諸人皆熟睡予獨感懷身世懸念　兩親不能成寐萬籟俱寂但聞狺狺犬吠聲久之漸朦朧瞬閒已至天明亟起糴米市柴借鍋鑊爲炊村中無列肆然有蔬菜及鷄鴨子可得相距

七里有義皋鎮隔數日令女僕赴鎮一次不常往也天既漸寒乃為諸兒縫紉冬衣十六日夕見東南火光燭天辨其方正屬鎮區意數椽老屋悉付劫灰矣後探悉僅臨街屋燬後進因天井大火未之及次日有自鎮奔至者謂上日下午潯鎮陷落晚間遂起大火也由是來者漸多為述羅難者姓名有識有不識某日有以朱雲裳沈聘珍二君死事見告者二人皆外子從姊婿兩姊則叔翁夢坡先生之女也二人本執事於嘉興鹽公堂至嘉興遭轟炸遂移至烏鎮彼等既安置眷屬於鄉間遂至烏鎮領薪資為避兵用復乘舟返潯舟固為

豐公堂所有標識顯然，岸上外兵見之，認爲官船，鳴鎗令停，不應，乃鎗擊舵工，舟遂傍岸。彼等入艙搜索，即拽二人登岸，次晨均遇害。隨從二人亦攬幸舟子泅水得脱。後奔告二人家屬，至其地覓尸，成殮則死已逾月矣。三叔翁全家居滬瀆宅，由朱君居守。方予等離瀆時，朱尚未行，曾送予等出門，而竟罹此禍，爲慘然者久之。予自逃難離家，雖勞頓頗可支持，抵此一旬，忽病寒熱頭痛，三日得汗而解，顧疲莫能興，蓋積勞所致。久之方痊。外兵初至不出鎮外，其後漸至四鄉村，人咸惴惴防其至。聞彼等之出，初無毒害人民之意惟抗拒及奔跑必遭鎗殺然一過即去不久淹蓋入晚須歸隊也一日人報有舟載兵數人至予方病扃戶聽之私計設為所獲則自投清流追蹤吳絳雪可矣顧諸人大亂奔出呼之不能止留者僅乳母五兒及予幸兵在前門彼等從後戶出設為所見危矣頓聞門外語聲嘈雜宛如昔年之居西京且聞捉雞聲追豚聲狂笑聲不久而寂蓋見此村荒涼又去而之別村也已而奔者咸歸詢之則沿塍奔走得一桑田地窟（鄉人掘藏身者）以羣匿其中故衣皆沾土小兒尤泥污滿身為之忍俊不禁予謂以後不可奔走

但宜閉戶而由男子迎之接之以禮相與筆談問所欲當不至以惡意相加俞君以為然某日又至則設几及坐具於戶外餉以茶菸取筆硯為問答彼等開列徵求之食品如米豆麥粉菓子（即茶食）大根（即菜菔）鷄之類有者與之無則曰無彼亦不强以所獲運入舟中亦致謝意是日來者彬彬乎有禮惟見塲上有鷄過必擒之鷄飛至屋頂則持竿拍手驚之使下未免喧擾耳俞君固能東語而仍以紙筆代喉舌恐彼等知之狹以俱去使任通譯也又一日報有兩舟來載十餘人狀甚可怖且闖鳴鎗於是衆又狂奔仍由余

等居守然其舟並未傍岸特棹過村前耳後探知並非兵士實乃盜船不知於何處刼奪既滿載遂不復覬覦本村也時奔者前進不已桂氏幼兒竟至落水救起薄暮方歸不勝狼狽幼兒多號哭入門蓋腿痛不能前也衆皆目予為膽大其實彼等求生之念重予則意志堅定天下有求生反不得生不求生轉不得死者此非彼等所知矣時風鶴頻驚資用且罄然無可為計十一月望日予方在樓下治庖忽聞犬吠知有生客入村既而語聲漸近頗似外子予側耳注聽亟率兒女出迎果然驚喜過望各相慰勞互述別

後事方知滬上曾派人來接不遇而去時浙事既急候予電不至外子授校課不得行　兩親乃託程[illegible]文表弟於十月初十日經甬上至滬先二日電告俾予預備少文於十二日晨十時抵滬詢之同居者滬電並未達予等已於天明行乃乘滬車追蹤至杭時予等在拱宸橋旅邸果至此訪之未有不得者彼乃至滬車站蹤跡既不遇恐甬輪停遂匆匆返滬予等果知甬舟未停必不至宣城果得電必靜待後蹤也行如與少文相值即同返滬乃相差僅數時失之交臂以致流離轉徙詎非數定使然耶少文既返

親焦灼不已及得予欲到宣城之稟心為稍慰意予到宣後必有電乃竟無之遂電予詢問不得復又電君梅久而益寂猶以為函電受阻也及宣城又陷伯姑繞道到申江詢悉予等初未至宣亦未得上海函電乃大惶駭時尋人漸有逃滬者詢予蹤跡亦不得因學校即將放假外子遂不得不來尋蹤跡親恐其遇險阻之不聽既由甬轉杭至尋鄉間知予等避此遂得會晤予悔九月中不侍　嚴親東遷數累老人焦勞予之負疚深矣外子以文弱書生為予竟馳驅戎馬之間予又何能不感且愧乎以前嬌柔

得上海消息今得之倍增悔歎不免轉喜為悲予之至大唐兇也曾匆匆上一禀寄滬此函竟不達今予既無恙外子亦安抵於此而上海不知鱗鴻俱斷焦灼靡已惟恨身之不生兩翼耳家人雖得聚首兵士竟常來外子與俞君同出應付未釀事端然此邦已不可久處遂商返滬之計時杭垣已失不可復經閘烏鎮尚安交通較便遂決先至烏鎮以待時十二月廿七日兩家束裝買舟同行先致謝主人及俞君此行餘弟獨留因彼將返故居也加外子仍為十四人是日為予之生日乃在舟中度之既抵烏鎮借寓劉

翰怡少府之質庫蒙招待頗周新正聞人言南潯自設立維持會熱心公益者固多而藉端私肥者亦不乏鎮之富戶倉卒咸行資財多未得攜去僅加掩藏會中人知其隱於夜間破戶搜索財物尋覓窖藏有所得則火其居此類事不一而足後為人所控駐軍查屬實於除夕鎗斃十八人噫今何時耶維持者祇當為民乞命乃反假虎威勢推波助瀾果何居心卒致殃及其身所得亦毫不能享不大可哀哉旋聞滬輪已通至青浦之朱家角初七日遂雇舟至青浦途中若千里不見一人並鷄犬無之惟水中浮尸甚多

忽聞遠處有瀛笛聲，舟人知有巡船來，急避入小汊。俄聞機聲軋軋，自遠而近，又由近而遠，至於不聞，知其已過，復入正道，猶相與咋舌。初八抵朱家角，則瀛船艙位已滿，衹得高踞船頂。初九啓椗，初十晨曦甫上，人云距滬已不遠，則岸旁錯落皆兵士尸體，服裝完整，冬寒不壞，狀如偃卧，惟上有嚴霜蔽之，其白如雪，所謂無定河邊骨者非耶？嗚呼慘矣！已而抵埠下船，經檢查而入租界，驅車復至金城里，恍如隔世。登堂拜見　兩親，至哽咽不能語。且知　嚴親自外子去後，四處奔走探詢，最近方於健初大伯處見鄉人李君函（北君原避洞庭東山後為匪擄被殺）述及予等在大唐兜方與吳某約同至潯待通行證到即行使遲到一二日詳更累高年跋涉予之負罪不更深乎嗟乎我生不辰逢此百罹浩劫未已來日大難禍患正不可測然此行十餘人均得無恙即行李亦無纖毫之失詎非天幸雖予體弱多病經此摧折或且益促其年然死於牖下不較死於鋒鏑之為愈乎痛定思痛不知涕淚之何從也

在大唐兜時欲作避難日記苦無紙筆得枯毫片楮接續書之如貝葉之經擬攜滬整理既恐於途

中被檢遂悉焚之顧此亘古未有之奇劫亦予一生所遭最危苦之境其所經歷當留鴻爪爰追作此記殊多漏略然所見所聞要亦得其大概矣莊又記

詩

三十生日集陶

少無適俗韻委懷在琴書閑居三十載不樂復何如

簡二妹

閒來我欲叩幽居一覽霜天景物殊有日凌寒樓上望疎林轉出故人車

盆梅

姑射仙姿冰雪魂依依小閣伴朝昏宵來賺得香生夢肯為寒侵掩帳門

秋夜

拂簟搴帷坐涼陰倚榻生泬寥清萬里沆瀣冷三更月射枯蟬影風沈早雁聲秋懷耽靜逸不寐了無營

以上四首續稿補遺

述懷七十韻

人生貴同流慎毋矜立異好尚與俗殊譏議隨時至識字憂患始斯言疇能避回溯我生初猶及承平際

所居在淮壖數世田園寄三徑多松菊四時足流憩
不應學咿唔遂乃繁衆喙謂言女子身何取書癡似
東西任人指歲序罔知記動輒談墳典終難主中饋
金紫豈可圖不擲虛進士憐子未知非而翁且珍祕
充耳盈羣言祇益增睥睨是時方勝衣嚴親意早示
明珠雖在掌未宜輕閟世縱難韞匵藏忍使蒙塵翳
念切向平願庸知何日遂頻聞謝蹇脩不自虞失墜
會逢陵谷遷九州齊鼎沸乘桴浮東海山水結幽契
歲餘返歸舟從此居蜃市習俗日以靡禮教日以弛
庸行唯自謹俯仰一門內骨肉初無故豈意萋棠棣

生平無兄姊，有弟孟與季（仲弟幼殤），兩妹一已嫁。季弟猶童稚，孟少我十齡。已成瑚璉器，植品嫌太端。孝友罕比類，嫉惡過於仇。不屑行小慧，事姊猶嚴師。牽裾頻問字，弱冠漸有成。朝夕猶刻勵，高堂方慰情。二豎已潛祟，參苓縱日投。川涸舟難濟，入棺望始絕。一慟摧肝肺，庭闈百念灰。予懷日惴惴，搔首心茫然。問天天不對，人生朝露比。至此真短氣，名心渙冰釋。何意嘗世味，未若撤環瑱。奉親偕弱弟，終身讀父書。飲水飯疏食，塵網藉此逃。悠然游物外，奈何父母心。苦不諒其志，鄭重諾良媒。終令諧伉儷，聞斯驚失措。恍惚情

如醉尊長互主持未容有異議低迴不敢爭默默含
愁退自傷心事違輾轉難忍淚憂來太無端潸潸溼
衣袂倚枕夢不成忘餐日顦顇人前强自持猶恐傷
親意親已鑒顏色百端為解譬顧復加恩勤時時勉
珍衛遠適將有期晨昏難久侍一水雖非遙身心終
兩地吞聲告庭闈有語親勿罪養兒不能孝拊膺已
深愧那堪費母懷奩具營兼備荆布分所宜高風慕
椎髻衣莫裁羅紈飾勿置珠翠圖畫足自怡況增長
者賜遣嫁未為薄幸毋更多費西山薇蕨少採擷良
不易弱弟未成年門戶須為計豈當因一人坐致家

乏遺兒縱身得所蔽水心猶繫親能無煩憂兒不縈夢寐繞膝吐衷腸言盡非敢肆承顏得幾時為歡宜破涕膳來起奉餐罷談明日事長歌布胸臆慷慨有餘喟

題鍾馗圖

終南進士丰神古蚪髯戟張雙目努叱咤風雲紙上生魑魅聞聲氣消沮龍泉在手勢縱橫軒軒欲作天魔舞吁嗟乎登臨試望古神州劫火神霄迷四宇白骨青燐戰血腥大地紛紛盡豺虎我願鍾馗一奮身起揮三尺殲強虜重使中原見太平俎豆馨香虔祀

汝

寄外

端居發深省兀兀參枯禪今夕復何夕斗室華鐙懸
琴瑟雖在御無意調朱絃自從侍君子荏苒歲序遷
十日九别離一水盈盈間春花幾經眼秋月幾當軒
往往獨流賞揮毫疊吟箋朱顏詎長保容易成華顛
百年曾幾何撫景宜流連君懷殊曠達不樂鶩田園
既遂四方志豈復耽林泉顧我非健者持門强勉旃
相知惟婢媼童稚空滿前涼秋逢九月愁念客衣單
中夜起徘徊素魄正流天飄風發東北叢桂香可憐

傾耳凛虚籟彌望遮長烟知君當此際高枕心怡然
邯鄲縱適興富貴如逝川俯仰慨今昔偕隱懷前賢

漫興

柳色青青黄鳥鳴春風吹滿闔閭城天涯從此多芳
草莫遣離愁相共生

被兵脱險渡遼省　伯父母敬步　伯父原韻

春風送我遼東來陽和噓拂沈憂開方寸俄如拔荆
棘此身詎異登蓬萊量松種竹隨杖履分梨得棗猶
童孩慈恩高厚那得報深宵伏枕翻心摧

伯父原作

千艱百苦兵中來，握手悲喜顏爲開。三月音書斷魚雁，萬家刼燒成汙萊。亂離那計全性命，倉皇別復攜童孩。夜闌秉燭疑夢寐，爲言往事餘悲摧。

詞

金縷曲　得君楚弟書，知其病重，寄此寬之

報我書盈幅。怎依然、幽憂憔悴，爲君棖觸。早自清才天賦與，因甚却慳濃福。轉遜彼、紛紛庸碌。別有傷心懷抱在，那更堪、二竪相追逐。天遇子，一何酷。　年來況謝杯中綠。儘牢騷、全無可解，只餘歌哭。世事悠悠原似夢，何苦低迴往復。但一志、寄情卷軸。品重珪璋

休自棄願屏除念慮調寒燠慎莫負女嬃祝

減蘭 庚申中秋步月

夜闌人靜一片寥寥清冷境樹色淒迷遠映紅樓燈火微 病餘强步緩踏清光行更任翠袖寒欺不敢臨風理鬢絲 以上二首初稿補遺

沁園春

甲子夏夢行曠野見大樹下趺坐一僧方援筆書偈曰歲歲梅花裏空山度歲寒今年揮手去不折一枝看醒而思之似係成句而不憶所出要之非吉徵也入冬患肩痛經春益

劇委頓日甚醫者僉云肺病意前偶將成讖矣一夕恍惚中聞人語云是疾食菌當愈晨以語三妹嗤為夢囈乃越數日　大人持示一藥云此名木靈芝仙品也能已痼疾向人求乞得之試煎服初覺無異已忽熱甚汗出如瀋痛楚若失旬餘躍然起矣賦此紀異

一病沈沈負郤芳時尋春未能但晨開斗帳微窺日影夜欹角枕遥聽風聲夢境迷離吟懷潦倒偶語參詳苦未明梅花裏怕歲寒人往庾嶺誰登　何來仙菌延齡向絕壑幽巖採一莖試烹將活火松濤響送

盛來玉盌琥珀光生味比瓊漿香同雲液沁入心脾積痾輕從今後願侍親百歲重見河清

浪淘沙　養疴津門形神漸復寫照寄　兩大人

病起意蕭然畫裏神傳眉痕雖重眉淡畫工為加墨頰痕圓博得庭闈看一笑三日加餐豪興比當年強半闌珊杞人從此漫憂天草草浮生原似夢好學痴頑

卜算子

萬象有餘清月落人聲悄屋角銀河耿耿明牆外秋蟲鬧　小閣一燈青走筆臨章草為愛良宵不忍眠添出新詞料

吳山深

花滿前月滿前雲散涼空秋色鮮幽階蟲語圓　風壓肩露壓肩立轉花陰夜漸闌心隨萬彙閒

踏莎行　素未識牡丹今始見之惜已半殘

數朵叢開一枝斜倚妝餘半面猶含媚花應見客訝生疎客來却怪花憔悴　國色天香姚黃魏紫昔時風韻今餘幾勸君莫漫為花嗟朱顏鏡裏原如此

虞美人

餘春陌上看猶好幾日遊人少荼蘼瘦朶背風開花下一痕新綠出莓苔　柳籠池館陰陰靜雪絮飛無

影千紅萬紫瞬成空從此不須愁雨更愁風以上六首續稿

補遺

減蘭大人將莅滸溪夫子命小舟偕諸河橋恭迓

輕舠搖漾柔艣聲中明月上烟水迷離夾岸人家半掩扉　迎來一棹炬火通明光四照瞻拜牽衣喜極翻教淚欲垂

鷓鴣天登嘉業藏書樓

不信人間有洞天果然福地數娜嬛藏山事業千秋盛拂水樓臺百步寬　排甲乙列丹鉛牙籤緗帙任頻翻百城南面應留戀底事輕將別調彈樓中藏書數十萬卷

皆夫子手爲編列蓋居此已三閱寒暑寢饋其間不問外事會將引去殊足惜也

又

坐背明燈思寂寥寒侵雙袖冷紅綃生涯似繭絲中縛意緒如萍水上飄　鑽故紙壘新巢生平結習苦難拋圖書位置還依舊可奈無心染素毫

浣溪沙

枕上閑翻片玉詞依然風味舊家時春光晼晚入書帷　爐燼溫餘前夜火餅梅紅勝去年枝未須惆悵對芳菲

減蘭

王季淑姊齋中曇花開半日而歛初放時以攝影術留其形製爲小幀分詒同人懸之壁間因題此闋

優曇涌現月窟玲瓏光四散礙玉敲冰出水芙蕖未比清　故人嘉貺許向蠻箋窺色相珍重籠紗倚壁常開頃刻花

采桑子

戊辰春暮侍　兩大人赴杭遊湖上是役盡室偕行留連數日殊愜素心因倣歐陽公西湖好詞成短調十闋地雖不同景則無殊故

首句皆用原詞醉翁兼咏四時茲亦倣之效
顰之譏其曷敢避
清明上巳西湖好想見游人綺陌嬉春拾翠拈紅鬧
十分　我來花信風都過絃管無聞目斷香塵不聽
蘇隄響畫輪
畫船載酒西湖好却笑無能薄醉難勝玉碗盛來不
敢傾　披襟贏得船頭坐指點遙青認出南屏醒眼
看山分外明
春深雨過西湖好可惜來遲綠暗紅稀粉蝶黃蜂亦
懶飛　孤山梅子青如豆剩有薔薇密刺攢籬風動

濃香尚襲衣

輕舟短棹西湖好慢采蘋花細數魚蝦風皺琉璃軟碧斜　隨波只欠閒鷗鷺應少蒹葭無處為家點綴殘春不屬他

羣芳過後西湖好新綠團陰清晝愔愔垂柳池塘浴錦禽　落紅幾點浮花港風起香沈驚散魚針破藻穿萍入水深

何人解賞西湖好雨霽中宵綠漲三篙曉趁平波泛畫橈　四圍山色浮空翠日出烟消水石清寥鶴御天風下九霄

荷花開後西湖好，短槳清歌，一棹凌波，萬頃香中縹緲過。紅幢翠蓋看難厭，水國涼多，衣怯輕羅，暝色催人可奈何。

天容水色西湖好，安得清秋，來伴閑鷗，紅蓼花中共泊浮。夜深何用愁風露，艇繫芳洲，人上層樓，玉界瓊田一望收。

殘霞夕照西湖好，映水丹楓，染出秋容，遠渚通明上下紅。惟餘一事堪惆悵，不見雷峰，塔影凌空，遺址荒涼對晚風。

平生為愛西湖好，況是鄉關，咫尺雲山，常恨枌榆一

到難　而今審識煙波趣緣滿煙鬟翠壓眉彎恍惚
猶疑畫裏看
歐陽公采桑子西湖好詞乃詠潁州西湖然所寫
之景如移詠於杭州初無區別此作氣韻則之六
一詞中殆不可辨亦猶兩湖風景之無殊也繼祖謹注

清平樂　遊半淞園

斜陽古道冉冉迷衰草金谷園荒秋色老何物能開
襟抱　危亭矗立高寒軒眉四望無邊飄得滿衣清
淚始知悲滿人間

臨江仙　焞姑命題登虎邱小照

咏絮才名稱獨步，下帷猶惜分陰。偶逢佳日一登臨。雲烟添粉本，花鳥助清吟。　我自蓬萊歸棹後，十年塵土沾襟。披圖何幸見山林。分明招小院，畫裏把幽尋。

浪淘沙 藏書樓紅白碧桃盛開，流連歎賞，因付倚聲

行到武陵蹊，春與人宜。微風搖漾動繁枝。雪亂霞飛光不定，花雨沾衣。　斜照漸沈西，烘透臙脂。再來須是隔年期。莫怪遲迴花下步，踏遍香泥。

浣溪沙 花中白者一樹，垂垂如雪，心最寵之，而夫子獨喜紅香穠豔，戲成此詞

萬朵蒸霞列錦屏，何如一樹玉亭亭。縞衣儂子最關

情顛曲君應推獨步評花我欲占先聲憑誰勝負斷分明

點絳脣

見說羅浮四圍翠羽啁啾訴萬花齊吐咫尺迷香霧便擬來朝蠟屐衝寒去天偏妒無端夜雨濕遍前村路

沁園春 題夫子小照

哀樂中年意氣全消鬢毛漸疏但勤攻鉛槧丹黃讎校縱探林壑山水清娛少不如人老當益壯自喜生涯號癡無耽禪悅怪養生有素依舊清癯 漫嗟與

盡琴書料涸鮒枯鱗有日舒況園荒三徑未輸彭澤家徒四壁猶勝相如履盡冰霜應瞻天日好獻凌雲賦子虛君知否怕酸鹹嗜好與俗終殊

鳳棲梧 公穀從兄屬題聽濤廬讀書圖

人向綠陰攤故紙靜聽長風捲起松濤細四壁倚然生古意詩禪畫裏[理]參三昧　記得大雷書屢至湖海年年琴劍騰豪氣今日杜門能避世浮生笑我猶萍寄

滿庭霜 寄外

錦罽無溫華燈減燄奇寒逼近三更硯池冰透風定

月籠明那更嚴霜霏屑侵樓閣鴛瓦生稜音塵寂闕河在望萬象闃淒清　離情嗟最苦空傳尺素消息無憑問相如底事慣作飄萍孤負吳門煙水何時肯高謝浮名封侯夢知君未醒直待請長纓

金縷曲　韶光觸眼悵然有懷書寄三妹

楊柳風掀秧暖融融江南二月春衣初試庭院殘梅香未歇已到養花天氣早接上陽牆桃李粉蕊盈盈渾似笑笑詞人老去無才思空對景黯凝睇　憑欄誰識淒涼意最驚心朱顏辭鏡年華水逝弱妹天涯傷叢筆終古誤人文字數鴈影分飛兩地江左風煙

遼海月算足供我輩添顦顇休更滴感時淚

浣溪沙 病中喜文淵季淑見過

忽喜知音共欵關殷勤病榻慰孱顏年來自歎百憂攢 閲世所遭惟坎窞養生無計學冥頑故人猶自勸加餐

金縷曲 題劉翰怡少府崇陵補樹圖

鴻爪留縑素憶當年風埃澒洞衣冠塵土獨有孤臣懷勁節痛念故宮禾黍歎陵寢松楸誰補梁格莊前披夕照把鋤犂植滿冬青樹蔥鬱氣散還聚 果然麗日光重吐啓中興舊京鄷鎬金甌初固收復神州

宜指顧未卜天心可許奈幾輩城狐社鼠爭似先生成大隱這丹忱赤膽超今古圖畫裏自容與

大江東去 題五齡童子遺墨遺照

蘭芽方茁問天心何忍無端摧折應是靈根原有種只許僊風噓拂暫落人間難忘天上一霎歸金闕玉皇案側依然重綴班列 猶幸翰墨留存吉光片羽遺蹟難磨滅況復崢嶸頭角在畫裏常看玉雪小字流傳新詩歎惋聰慧人爭說西河餘痛也應從此消歇

百字令 徐行可丈得漢鏡三皆吳中人造屬題

安花掠鬢想當年曾照吳儂倩影各自團圞成月樣也似漢家分鼎紐結文螭臺安碧玉纖手親端整緣窗春曉紅棉揩過香冷　那堪埋没泥沙滄桑幾換重閲人間景歛盡光華歸黯淡無復澄波比瑩銘字低哦紀元細辨時代留憑證主人什襲寶藏彝器同等

千秋歲

病懷蕭瑟經歲拋聲律花月下尊罍側常教安枕簟生怕調朱墨塵埃積筆牀翡翠無顏色　雙鬟輸前黑光景宜珍惜閒覓句忙攜屐重開詩境界屢探春

消息忘形迹玉梅花底親横笛

玉蝴蝶 除夕歸寧侍兩親家宴

冉冉殘冬鬧過喧闐臘鼓又報迎春奈凋年急景百不宜人黯烽煙三邊傳檄迷雪霰八表同昏碾香輪九衢車馬一例逡巡 家門且欣在望猧兒猛吠稚子狂奔慈顔共看有喜一笑春温彩箋新椒花頌獻金爐暖拍子香焚酒盈尊年年今日常拜 親恩

浣溪沙 丙子元日夫子為人寫楹聯硯有餘瀋因學作書

寫徧雲箋腕欲僵奇寒深逼讀書堂平添清課歲朝忙 豈是得閑甘弄筆端因多病廢持觴聊揮柔翰

答青陽

南柯子

避去人間熱，来追天外涼。不知行到最高岡。但覺回頭來路漸茫茫。　小樹如人立，驚禽避客忙。遠山燈火正熒煌。掃地清風吹動薄衣裳。

漁家傲　倣歐陽公十二月鼓子詞

正月雪消冰凍解。眼前便覺風光改。晴旭連朝生異彩。闌干外。遥山逐漸添螺黛。　漫惜山茶開欲敗。香消粉褪無聊賴。有日春深花似海。消停待。韶華准備千金買。

二月春陰雲氣濕池塘波影粼粼碧乍試春衫金縷窄寒惻惻重簾深下珍珠額　桃李含苞香未溢海棠欲綻嬌無力都上高樓看柳色青可挹柔絲剛稱鶯梭織

三月佳辰傳上巳閨中女伴同修禊聯袂踏青芳草地妝東異吳綾蜀錦新裁製　蝶翅猶黏金粉膩湔裙水漲晴川翠四面花香薰欲醉低擁髻誰能更過新豐市

四月清和花事了田田出水新荷小賴有荼蘼舒淺笑香縈繞金猊何用焚龍腦　雨後空林啼翠鳥向

人似說餘春好樹底綠天深窈窕臨池沼魚苗水面添多少

五月江頭喧競渡畫船載酒人無數驚起沙灘鷗與鷺過別浦水雲深處梳毛羽　照眼海榴紅盡吐綵繩早卸秋千柱燕子引雛時出戶飛不去長空陣陣黃梅雨

六月驕陽張火繖窗紗換綠猶嫌淺嬾度金針拈繡線消午倦新詩裁就題紈扇　向晚涼風生竹院蘭湯浴罷清無汗碎搗寒冰盛玉盞嘗來慣晶盤更取龍團碾

七月煙雲開翠嶺，疏林遠水遙相映處處蓮塘橫小艇歌轉應曲終常是天光暝 乞巧樓頭人弄影凭欄指點雙星炯夜半寒螿啼露井更漏永銀床冰簟初嫌冷

八月天高風物爽漢宮仙露澄金掌滿目山河增莽蕩登高望潮生東海翻銀浪 丹桂飄香花細放芙蓉隔水開相向更值中秋明月上成勝賞萬家絃管爭繁響

九月重陽霜露重碧梧枝冷難棲鳳深巷時聞砧杵動西風猛樹頭落葉如潮湧 采菊東籬搜異種園

蔬小摘宜清供酒熟新醅香滿甕金尊捧當筵勸爲
高歌送
十月初寒溪水涸紛紛敗葉堆印凳雪後園林光隱
約雙白鶴鷺飛驀地穿籬落　向暖梅花新破萼一
枝折得歸妝閣風急高城嚴鼓角紅日薄彤雲密佈
天垂幕
冬月金爐難斷火貍奴常傍薰籠臥草草晨妝雙鬢
嚲推鏡座慵施膏沐簪釵朶　呼酒澆寒傾白墮金
刀自把新橙破屋角風聲終日大開青鎖閑看密霰
拋珠顆

臘月層冰堅似玉，風欺積雪凝修竹。飢鳥羣飛時遶屋，爭共啄臘梅枝上黃金粟。　填就消寒圖一幅，腕僵却怪霜毫禿。何日春風回黍谷，張錦幄花前聽奏陽和曲。

古人之詞與今人不同者全在氣韻辭句可學意境可到氣韻終不能得苟得其氣韻則意境兩忘辭句無論矣醉翁兩作十二月鼓子詞並稱絕妙歐陽圭齋仿之多寫帝城風景亦殊壯麗更得此作遂成鼎足其氣韻縱不凌駕古人亦復分庭抗禮無撓屈也　孃繼祖謹注

減蘭

高梧聳翠浮動朝陽金瑣碎一夜西風無數桐飄落檻東　涼生玉宇準備薰爐添蕙炷病裏驚秋不許湘簾再上鉤

浣溪沙　九月八日

起插缾花倦擁衾寒香染指覺秋深心忪怕聽隔牆砧　雨逼重陽期已近雲迷大陸勢將沈明朝何地可登臨

金縷曲　代人嘲賀宋萬二姓新婚

彼美生南國況迢遙仙翁世胄蕙心紈質窈窕宜為

君子配齊大偏云非匹待畫裏真真喚出不覺春蠶絲自縛訂鴛盟從此堅金石猶兩地惜暌隔　良宵一刻原堪惜慰相思蓬山密邇選郎休急入席且來同我輩舉盞狂浮大白料轉眼明年今日弧矢懸門還痛飲弄麐書錯寫憑君責湯餅宴定重集

初日樓遺稿

初日樓遺稿附編

祭長女莊文　　邈園

維年月日父具清酒時羞之奠致祭於長女莊之靈曰嗚呼汝之殁迄今已及百日予之含哀未伸者亦既三月餘矣昔韓文公之哭老成也以殁不得撫尸殮不得憑棺爲憾彼等天各一方宜有此痛汝固病亡於家者也疾既彌留予不忍見汝之輾轉反側遂不復視汝撫尸而哭憑棺而慟者僅有母氏予但兀坐一屢一若瞑然罔覺者豈真恝然也哉予自去歲汝伯父之喪傷懷已極自顧衰頹行將就木而宿逋

未清積稿待理，欲假我數年以竟其事，而後從伯父游。不期今又值汝之喪，汝之兒女幼稚，遺稿未刊，予之責職且加重。茍或哀痛昏瞀，暴病猝發，是重汝九原之戚也。不得已避哀慘而不觀，忍哽咽以自保，仍冀了我與汝未竟之事耳，豈真恝然也哉？而予又何能相忍於終古而不言也。溯汝生四十有七年，其心志之苦，不能自言，茍不一為碌之，而聽汝泯沒以死，予之心所不忍也。夫人生切要之地，首在倫常，然而倫常之閒亦難言矣。古之聖賢猶不能無遺憾，況倫紀廢墜如今日，而能於此求全乎？汝則必思彌縫匡擬竭全力以赴之隱痛乃由此而生汝之所望者父母之如何怡悅康彊弟妹之如何友愛親暱夫婿之如何志同道合子女之如何秉受義方且欲人人各得其所各榮其身皆汝之志也夫行軍者欲以偏師濟數道之兵其覆敗也可必汝之在室也逢親之怒或兩親有所爭執而長跪涕泣以請者不計其度矣因弱妹之事而遭申申之詈者不一其年矣因愛弟之殤而悼痛致疾且沈痼終其身矣至於詬誶箕帚之生汝欲其平而人遷其怒遂成衆矢之的前跋後疐左支右絀怒汝者詈汝於砧俎愛汝者亦無術出

汝於重圍而汝之冤若莫白矣嫁非汝志既不克如願而嫁在家爲淑女出室又欲爲賢婦夫淑女不易爲賢婦又豈易爲乎汝之所遭固不肯盡言以增兩親之憂然一回相見一回顦顇終至形神俱失嗟乎以吾婉孌膝前丰神如畫之嬌女乃令其顦顇至於斯耶予懟焉心傷然後知汝之願終養兩親而不他適者非無見也汝雖賦命坎坷而迹其用心固不失爲淑女爲賢婦無可訾議而尤不能忘者則汝之善體予心也古者言孝貴乎養志有子在乎式穀堂構箕裘相承勿替是父之所望於其子者也農之子恒

欲其為農雖進而為士所弗喜悲其業之無傳也我於今世為怪物為不祥之人汝不以為怪不以為不祥而步趨維謹好者好之惡者惡之父而為堅金白石汝亦從而金石之父而為商鼎周彝汝亦從而鼎彝之使汝生而為男詎不為繼志述事之肖子哉吾每憾汝之不為男而為女不能常居吾家永承吾業孰知此慰情聊勝無者亦終斬之而不令竟吾有涯之生天之待予抑何酷也非特此也以而翁之所為其遭訕謗詎曰非宜值蜚語之來予方笑而受之汝輒憤焉不平更值予痛心不能言者汝至痛哭流涕

以傷父之寃因信之深遂不覺衛之切嗟乎人之相知貴相知心予閱世數十年除二三友朋外輒不爲人所諒不圖管鮑之交牙期之契乃得之於吾女則今之一朝永訣予之心痛爲何如也汝之肖予者至矣堅定似予兀傲似予狹隘似予重德義而輕金錢亦似予甚至好花草書畫明窗淨几亦無不似予所不似予而足爲汝惜者則養生之術耳夫人生不足喜死不足悲固不必兢兢於養生以求不死亦正不必亟亟於戕賊以自促其生也予嘗詔汝曰天之生人乃令其受苦非縱其享樂能知此理便無妄想而

苦痛亦無由而生人固不能與造物爭然彼與我以
苦痛而我排除避免之不受其戲弄天其奈我何哉
又嘗詔汝曰萬事有定非强求所能得人生斯世祇
合隨緣度日一著力則煩惱隨之矣又嘗詔汝曰是
非自有真人言不足恤其所言而果是歟洞見癥結
尚有何言即所言而果非也内省不疚何必嘵嘵又
嘗詔汝曰古人以一身化天下非所論於今日也今
之邪説暴行充塞宇宙盡人爲所陷溺自修者固不
可不振拔然祇可嚴以律己一己之外雖父子兄弟
不能强之使同苟或强之横決立見矣又嘗詔汝曰

凡事祇當盡其在我人之謂我如何正不必問又嘗詔汝曰佛言一切有為如夢幻泡影露電似矣然人生雖偽而行之必真行之雖真又不可不自知其偽譬之戲劇當其粉墨登場自知為偽也而悲哀喜樂面目必真君子小人描摩維肖雖戲罷臺空胥歸寂滅而值搬演之時固不容怠忽也人之一生何異於是凡所當自盡者毫末不容苟率然至行之不能求之不得則明其偽也而置之斯不至沾滯而自戕其生矣又嘗詔汝曰人未死而作已死觀則凡百可忍又嘗詔汝曰今之世態殆將反於洪荒然苟無洪荒

之渾噩安得有後代之文明若盡殲渾噩之民則人種絶矣故今人之室家相保祇可為種族之綿延計若欲彝倫攸敘須俟大亂削平之後遠或數世不必求之今日也凡此皆養生之術却病之方予既諄諄命之汝亦唯唯受教而臨事終不能自克果於諸說身入心通則今日汝方承歡於予前又何至戢影一棺遽成異物哉夫憂能傷人柳子厚才氣縱横不可一世徒以遷謫流離牢愁悒鬱亦僅四十七而卒矧汝之深閨弱質昔人謂薰以香自燒膏以明自煎汝不幸而為薰為膏而竟燒煎以死也詎不痛哉然轉

而思之汝之至此予實為之汝何咎焉予之坎坷予之行為有以致之汝苟不行予之行亦必不襲予之坎坷則汝之至此非予致之而誰耶夫腐敗之肉蠅蚋聚焉污濁之水孑孓生焉未嘗不欣欣以自得也生斯世也為斯世也又何不可以煊赫一時哉汝之兀傲固出於秉彜然容有一二端因乃翁之不屑不潔遂不欲違其意而為之者予能不歉然於中耶抑金錢為舉世所重乃翁之所缺者惟此致汝不獲翹首伸眉於儔衆之中所謂愧我清貧累兒女者予無可辭其責也而思更咎汝之不善養生耶迹汝之生

平稍可自慰者則在文字汝幼時由予授讀僅畢四子書而止詩古文辭初未講授汝乃摸索而自得之下筆卽斐然成章尤工於長短句上者直追馮歐近代造詣及此者能有幾人乃舉世方沈迷於某派非秦者去為客者逐致陽春之奏反不足與下里同稱然汝果能北面於當代宗工藉其揄揚則又可抗衡漱玉淩駕斷腸睥睨一世矣而汝不為也顧海甯王忠慤公嘗閲汝之作詫為女子中所未見別有不知姓名者著論推崇則亦非全無知音果其所刊不隨秦火而燬決其必傳於後汝自言興到筆隨若有神

助則投筆鼓舞故汝之愉快心情祇在伸紙疾書之候外此皆愁苦之境矣嗚呼痛哉抑又思之汝之際遇如此由於生非其時處非其地麟遊於囿盛世稱瑞而衰世見之為不祥生非其時也置黃鐘於廊廟其聲鏗然奏之榛莽之中則寂焉絶響處非其地也天既畀汝以蘭心蕙質乃不與之時不與之地而一聽其抑壓摧殘所謂不仁者非耶又安得呼蒼蒼而一質之也予飾巾待盡意屬纊之日將有一人知我而哭之哀兮汝之死亦有一人知汝而哭之慟其人非他汝父是也夫他日屬望於汝者乃轉以哭汝而

異日我之死更無知我而哭之者我將奚慰汝母謂吾儕德薄乃不能得汝之養生送死嗚呼其信然矣汝之子女但祝其成長若夫進德修業慎終追遠值此衰世非所敢期他年宇宙清明汝當有賢子孫見汝之遺集鼎新而刊布之綴以跋語謂第幾世祖母懿德清才足為周氏光所企者如此而已汝體本健其荏弱之始則以哀悼殤弟當食而哽遂罹胃疾此後有朘削無培養遂致中歲而殞然即使年臻耄耋痛苦將無一日去懷塵網甚密憂患無已欲脫其縛惟有一死以伯父之精力期頤可冀乃因盡瘁國事

僅越古稀藉令不死今之每況愈下將益增其悲鬱何如一瞑不視哉汝今日亦猶是也故爲逝者計死亦良得所難堪者後死者耳嗚呼以汝之爲人斷不至沈淪鬼趣必已侍　祖母伯父於天衢果靈性不泯異日當得相見今以三閱月往來於胸中者傾倒出之藉不聿以告汝吾之所以自抒其悲者亦盡於此矣太史公曰尚何言哉尚何言哉此後吾之於汝亦即緘口不言矣嗚呼哀哉尚饗

周姑母家傳

羅繼祖

姑諱莊字孟康　叔祖邈園老人之長女也　叔祖

母張太孺人妊逾期久不產夜夢至一官署廊下有懸牌示產期為癸巳日至是年十二月二十七日癸巳果生然產難已三日矣故名曰莊小字寤生幼性淑慧得　曾祖妣范太夫人歡稍長能讀書明大義　先祖恭敏公復摯愛之　太夫人即世　姑方九齡而　恭敏公棄養僅先　姑歿一年其愛護乃終　姑之身數十年如一日也　姑孝於親友於弟妹悉出天性非由教訓而得更非　叔季習俗所得而移至於讀書殆稟宿慧文詞斐然一蹴而幾非若他人枝節積累成之也方辛亥國變吾家盡室東渡　叔

祖亦挈家偕行居一歲而返滬瀆義不飲盜泉覓食枯蟫故紙中僅免凍餒　姑蘭陔挈眷先意承志叔祖每占小詞以寫煩憂　姑亦時有作疏食飲水聲出金石愉愉如也遇庭闈失歡　姑婉娩維護視於無形或長跪涕泣得請乃已而骨肉之痛箕帚之謫復交激於衷肫摯直諒之懷不自克抑動與願乖心乃愈苦年三十一嬪於　姑丈子美先生為繼室

姑始願終養於家既不克如志乃移所以事父母者事姑嫜修行婦道食貧自甘嘗慕梁孟之高風歆趙李之韻事亦未遽副所願而家難頻作不遑寧處

姑既殁避居吴門者二歲　姑丈亦逃於禪作汗漫遊　姑杜門索居料米鹽撫兒女無親故往還形影相弔蕭瑟之懷形於篇詠其後家難稍紓　姑丈倦遊至海上爲約翰大學教師　姑亦得歸寧父母有室家相保之意顧　姑丈迫於飢驅抑鬱侘傺當食而歎　姑亦戚戚尠歡悰益以丁丑之變轉徙況瘁遂至不可支矣是歲七月滬上戰事起杭湖列郡相繼陷十月　姑自潯溪避兵值道梗遊騎充斥勢危甚羣疑衆難　姑獨從容鎮靜定計脫險至大唐兜得無恙　姑丈間關蹤跡之戊寅初春乃同歸滬

姑事後追記所經歷為丁丑避兵記謂方事之亟不自意生全故意志堅定脫不幸當自投清流追蹤吳絳雪天下有求生反不得生不求生轉不得死者非庸衆所知又謂此平生最危苦之境體弱多病經此摧折或且益促其年果歸未久即病沈緜三載其間恭敏公屢為致遼參頻得搘拄卒之氣血虧盡和緩無靈竟於辛巳三月二十八日子時不起　姑生於光緒乙未十二月二十七日酉時得年四十有七子三世繼世祿世光世祿五歲殤女一世貞嗚呼人秉德於天固有鍾美獨厚而所以遏抑困阨之者亦

酷於恆人祿貞完璞轉以自戕其生若　姑生平優裕安舒之境蓋寡豐於德而嗇於遇吾無解於天人之際矣豈天道忌盈信於此者必絀於彼抑膏蘭燒煎爲自適其性也耶　姑於時世妖異裝服嫉之甚深而雅好整潔平居湘簾棐几座無纖塵意度脩然有林下風爲詩詞興到筆隨詞尤工絶上者庶幾陽春六一文不多作亦閒雅有槼矱讀者不知其出於閨閫也箸初日樓稿續稿再續稿各一卷繼祖髫齡
　姑即器異之逾輩行比歲南朔分轍聚合不恆戊寅春　姑既脱險來省　恭敏公得親顔色爲道幽

憂牢愁留兼旬惘惘南返詎意此别竟終古耶居常藉郵緘達歎懐最後猶得　姑病榻手書殷殷慰勉去歿未半月也楮墨如新徽音俄邈傷已　姑之喪叔祖有祭文情辭悽厲茲復命作家傳繼祖雖檮昧不文辱　姑知愛其何敢辭謹臚次崖略俾異日志家乘者有述焉

贊曰猗蘭之操孔子傷生不逢時而作也使　姑生休明之世與孟班桓謝為儔謂非一代女宗耶乃丁世運傾否風雅淩夷之會堙曖自甘顦顇没世鸞鳳折翼異代同傷雖然絀於一時者未必不信於百世

姑生吾門自足為家乘光傳而述之俾後人想像
風徽而知尚論吾知曠世賞音未遂寬絶詎屑屑蘄
論定於今之人哉

初日樓遺稿附編

跋

初日樓再續稿一卷　周氏姑所撰也　姑舊有初日樓正續稿之刻歲丁卯刻續稿去今十五年矣茲復裒丁卯以後所作為此稿　姑早嫻吟咏性情之真摯意趣之微婉每藉以發而詞為尤工年逾三十歸　姑丈子美先生　姑丈潯溪右族代傳詩禮顧宙合榛莽清門霝落不能無憂生之嗟　姑亦百慮攖心吟興幾廢矣繼祖童丱即荷　姑寵異猶憶乙丑夏　先祖恭敏公六十壽　姑至津門稱祝盤桓半歲繼祖時年十三每自塾歸輒詣　姑所　姑嘉

其循謹備蒙提耳摩頂之愛　姑作詩詞雖不盡解亦强讀之嗣是南朔暌隔跡阻神親繼祖忽忽逾冠齒日長而學不加進　姑時時手書督勉且以名山事業相期自維頑劣無以副　姑望然讀之未嘗不感奮汗下也丁丑滬上被兵　姑間關跋涉至湖郡之大唐兜天佑無恙明年春　先祖逐來海上留山齋者兼旬得親顏色乃未久而遽歸歸未久而病　姑稟賦素弱重以困躓憂虞體遂不支去夏　先祖見背懼　姑知戒不以聞既數月　姑輾轉廉得之一慟幾絕病亦寖劇近聞深居靜攝藥裹為伴繼祖

羈跡瀋垣，末由趨視，中懷耿悒。方　姑之避難兵間，自分無生望，書囑　姑丈謂異日當以此稿授繼祖編訂之。後既脫險，仍自加董理，馳驛垂示，欣得披讀。繼祖年來涉獵藝苑，麤識津涂，惟以不獲請益於　姑為恨。私冀慈體早健，蹤跡合并，得以懷鉛質正，如乙丑年故事，謂非大快耶。稿中諸作皆舊所未見，　姑雅不自慊，芟汰務嚴，故僅得此。中如西湖好十二月鼓子詞，風格頡頏古作者，允無遜色。讚歎之餘，儕注於後傳。　姑莞爾，並綴言簡末，亦　姑命也。辛巳莫春·姪繼祖謹跋

此跋寄滬時　姑病已危殆侍疾者告之但頷而微笑而已茲者承乏寫官手繕上板則去　姑歿且八閱月矣竟卷輟筆爲之三歎孟冬既望繼祖又記

此稿既經繼祖寫定以不得紙未克付印而子美又以逝者叢殘手稿見示爰於零編寸楮中補錄文一首詩四首詞八首按其歲月皆舊作爲初續二稿所遺乃重繕之置於各類之首此稿訂於生前故曰再續稿茲改題曰遺稿蓋此後更無三續也壬午孟冬心井老人記

周演巽 撰

慧明居士遺稿

民國十三年（一九二四）鉛印本

提要

周演巽《湖影詞》

《湖影詞》一卷，周演巽撰，詞附《慧明居士遺稿》刊印，民國十三年（一九二四）鉛印本。國家圖書館、上海圖書館、復旦大學圖書館、華東師範大學圖書館等有藏。《慧明居士遺稿》詩二卷、詞一卷，封面有甲子冬陳詒題簽，内有用篆體題的書名，鄭元昭和何健怡（何曦）所撰的三篇序文，並有石守箴、汪芝年、朱静宜、劉佩玖、何敦良（何曦）、曹敦錮等人題辭，集末有周愈《于山萬歲寺記事》。

周演巽（一八八〇——一九二二），字繹言，浙江山陰（今紹興）人。其一生憂苦，所嫁非偶，後因病返歸母家。其以輾轉各地授業爲生，一九一六年至閩授徒，並請業於何振岱。後皈依佛教。由於膝下無子，其母將其弟弟的子女過繼給她頤養天年。汪芝年《金縷曲·題慧明居士遺稿》很好地概括了她凄涼的一生：「人事添酸楚。恁前生、孽緣底似，今生都補。自昔才華多薄命，不道傷心如許。守病影、耐消清苦。冷淡生涯依筆硯，幸門前問字車常駐。知母意，憐嬌女。」（《慧明居士遺稿》題詞）由於周演巽頗爲凄清的一生，其《湖影詞》所收的二十四闋作品中，送别之作也好，愁病之吟也罷，抑或是紀夢之什，皆是一片凄苦之音，甚至是詠物之作，也深深地烙上淒凉之感，頗有一種「此情無計可消除，才下眉頭，却上心頭」之意。故何振岱謂其詩詞「吐音哀咽，而孤晶介特之緼亦於斯見焉」。

慧明居士遺稿

慧明居士丙辰夏初來閩授林氏女子經予女怡亦從學焉君與予相覿深相契也還往既密閒日輒思棲月園囿無有晨夕而孤所賞於是君之遭週予皆晰之太姥山僧楞根者有高行適至會垣白塔禪寺君因周四香居士介爲弟子師爲說法授五戒而去餘杭褚生迦陵與君密友屢書速君行君母何太夫人僑居江右君亦思歸省遂離閩其明年復至杭襄褚生學校事後二年戊午予避地滬壖爲西湖遊君又省母於贛不得見見迦陵

知君湖居之況壬戌秋予又以亂至滬甫卸裝而君適至是爲重陽後一日君生日也所居相距稍遠君旬日一至謀以餘屋見處不果是時君課讀在滬而時時視迦陵於杭仲冬月晦之夜忽偕迦陵來視予燕飲歡甚十二月朔晚車送迦陵入杭初四日以書見告云即當返滬後五日君弟伯崑來云君在杭染疾卒矣爲驚絶失聲悲不可喻蓋予與君久别甫晤異鄉暫聚計亦良得萬不意君之遽止於斯人生夢幻泡影適有如是耶君性靈

敏謹重好爲詩詞其於天機默寓皆得攫而寫之以寄其窩遠之趣然而哀音悽韵時亦流露不能自抑雖栖心禪悅殆尚有未能忘者耶抑其鬱旣宣中洒翛謐學道初步是亦一階以視泛無所結指頑爲空者亦逈異矣集中所作在閩爲多尤多與予唱答之作回念前蹤不堪重讀太夫人函督爲序嗟乎君才之美行之潔受之於天者厚矣而厄於人者何其酷耶予雖欲有所言而所欲言非一序可盡則爲述與君聚散之緣以弁君集亦聊

以慰太夫人之意云爾甲子秋日三山嵐屏鄭元昭書於京師寓樓

天之所以與人者豈其外矣多儉其内苟足其内則必靳之於外理果然乎哉紹興周繹言先生好學而有懿行其生平遭際有轉不逮於世俗之人者是所謂美其内者而天故靳之於外耶雖然先生既優於學復美其行孝親教弟而外得師友之輔是固足以自悦而世俗之所謂幸者復奚足希乎予始見先生書法閒逸秀潤誠有過人及丙辰春先生至閩請業於 家君既館林氏授兩女子課 家君命予亦附讀焉乃嚮聞先生之德藝於

是歲晤識其人而喜可知也林園相聚數月并得讀所作詩詞則益知先生之眞性果異於常人者固宜乎其不諧於俗也每於晨夕閒隙散步園中欄邊亭角花影夕陽未嘗不神凝而目注若有所棖觸然者先生其亦古之傷心人歟予夙好山水游先生浙人也時從話西湖煙水之勝恨弗即身到其地迨先生反杭約他年相訪於湖上後二年余從　兩大人至杭而先生適以省母歸江右又三年予偕朋輩從　家君杭游而先生已沒矣方

予扁舟容與過先生舊游之地不禁悄然長歎而悟人世聚散之緣信有所謂前定者也先生當深知之矣先生詩詞成刋爰志數語以爲之序東越學生何健怡

題慧明居士遺稿

昭陵石守箴

海枯石爛物有竭，獨有孝思不磨滅。狂且紛紛薄倫常，古來高躅那可說。周君卓犖思不羣，早歲穎慧能屬文。北宮嬰兒有奇志，養母願矢終身勤。可憐薄倖嫁王昌，江上芙蓉號斷腸。東西溝水轉眼判，出門垂死依嬢旁。憶昔與君初識面，隃麋香中鳳尾硯。烏絲闌字寫簪花，十度春風如閃電。前歲我遊西子湖，遲君雅意相提扶。何期即是人天別，一樹瓊花一夕枯。綿綿齎恨無從語，恨天有石終

難補山陽笛語夜悽清魂夢何曾隔風雨慈親握
管淚漣漣細將遺事爲編年年年離思何堪讀回
首舊遊只愴然

題慧明居士遺稿金縷曲　錢塘汪芝年

人事添酸楚恁前生孽緣底似今生都補自昔才
華多薄命不道傷心如許守病影耐消清苦冷淡
生涯依筆硯幸門前問字車常駐知母意憐嬌女
塵心洗盡閒朝暮祝金僊楊枝一滴淨瓶甘露
能詠碧雲吟曉月千種聰明天付奈幾載災侵二

悲痛絕良朋成永訣望稽山釃酒澆香土怕展玩
傷心何

哭慧明居士　鑑湖朱靜宜

卌二音容瞬息過曇花現影竟如何北堂白髮傷
心最長向天涯哭女娥
潔養終身愛慕深題詩讀畫慰親心一家慈孝兼
風雅如此門庭照古今
一去匆匆竟不知返魂無術盼成癡凄涼別語西
樓月夢裏相逢得幾時

又

廿年飄泊儉梳粧妹遇人不淑因病歸侍母已廿載隻影天涯情自傷妹初在江右授徒改革後遊學閩浙各省白髮高堂生致養母年逾古稀潔身混世死餘芳冰心永矢惟天鑒病夢思歸恨地長孤我桃源借隱約臨風和淚寫哀章回憶音容一霎殊傷心無那轉成愚碧窗翠竹空人影昔室外有手植修竹數株黃卷青燈憶女須幼弟賴教之成立書法靈飛隳絕世天才不櫛是通儒淒涼莫道長爲客有子招魂未算孤母以弟子承嗣

哭慧明居士　潯陽劉佩玖

蒼虬松柏亘千年，貞柯翠節全其天。觥觥吾妹堪媲堅，豐才啬遇伊古然。參商乃謌孔雀篇，依依慈母書愛憐。世間萬事終雲烟，憶昔聯袂百花前。春風秀句幽且妍，一朝永訣涕漣漣。湖水湖雲皆黯然，心香一瓣弔新阡。魂兮歸來聞啼鵑。

西湖楊莊拜周先生殯所　學生何敦良

東風花底談經暇，聽說湖煙鎖兩峰。豈意清波門外路，却成載酒訪遺蹤。

湖灣行處草萋萋回首林園黯舊題怕讀零篇思往事烏山樓外暮雲低

讀慧明師遺集　學生曹敦鈿

燈火高樓問字初秋風江上感離居傷心斜日東湖柳知有吟魂慰倚闌予到章江嘗拜謁太師
母於六一第

慧明居士遺稿卷上

山陰周演巽繹言譔

春雨小病有感

一庭香霧曉溟濛。春在簾纖細雨中。三月風光初落絮。此生蹤跡任飄蓬。書雖心愛偏難記。病爲身孱却易攻。遥憶孤帆親遠客。天涯羈旅各西東。

夜讀聞雨

爇盡爐香夜未闌。且憑書卷與盤桓。移燈已覺春衣薄。風雨敲窗更作寒。

寫經

鳳泊鸞飄二十年。漫將身世入塵緣。從今悟徹空中色。自寫心經繡佛前。

記事

隔院悲歡各月明。今生無復念離情。誰憐急管繁絃夜。別有簾前哽咽聲。

蝶

何須來別敗蘭蓀、惆悵空庭夕照昏、脈脈天涯芳草綠、不知何處滯春魂。

睡起

蕭蕭落葉下庭除、涼意欺人瘦病餘。睡起心情無賴甚。挑、燈重檢舊時書、

秋夜

螢飛宵未靜、燕去客還留、小極翻容息、長貧不許愁、虛窗能受月。疏竹不宜秋。心事爐香覺、風前裊未休、

病中見菊花

似共寒花命、清秋風露邊。澹紅含悴色、病眼看偏

憐、

作秋江漁父小幅因題絶句

水雲鄉裏足勾留、斜日輕風一釣舟、誰是忘機堪共狎、蘆花深處有輕鷗。

回首

悲歡聚散頻年事、回首煙雲付一哀、只合懺除休記憶、寸心無礙見如來。

蘇公祠廢去有感

閒荷輕鋤撥菜蟲、逸人心緒少人同。聘書肯許河

漕吏、功業何曾讓魏公、

世事滄桑感昔塵。夕陽樓閣一番新。猨花佞草爭相悅、無箇遊人愛古春。

淪落

淪落那可說、看天矢此生。竹寒知抱節、桐爨尚留聲。駿骨千金重。鴻毛一擲輕。人閒空毀譽、生性薄虛名、

聽雨

堦靜宜聽雨、窗疎不礙風、淚難消燭焰、香易冷薰

籠夢斷那堪續、心消無復濃、却憐悽寂處、涼淚數聲鴻。

題棄扇

沈沈夏晝如小年、往事忽忽成雲煙、齊紈棄篋已多載、故物重睹心茫然、時欹竹牀臥蒼蘚、清風颯颯來窗前、俗喧已寂天籟動、却愛遠樹吟涼蟬、予心高潔固自信、何必求表於人焉、日長吟誦共抛卷、萬事到眼空韉韆、黍稌多豐疏食飽、俯仰第取完吾天。

幽居自題

綠陰深處三椽屋、藥竈茶鐺位置宜、不擬採香山徑去。掩門自足寫心期。

席間靜宜代摘白髮有感

歡筵難得醉顏酡、驚見花前短鬢皤。別有愁根難摘處、霜痕一縷不爲多。

三村觀桃花

約伴尋春去、三村是水村、舟行、疑岸活。樹密覺花繁。馴犬爭迎路、漁人試問源。倦遊歸棹晚。林外鳥聲喧。

書雙碑記後

颯颯西風向夜闌、啾啾蛩語絮秋殘、支寒讀罷雙碑記掩淚燈前哭媚蘭。

病中作

幾度清遊約未成、掩關小極度秋晴。牀頭藥裹兼詩卷。湖上蓴絲負翠觥。愁與香絲簾外斷。瘦嫌髻影鏡中明。早知不耐深宵冷。病骨何為戀月明。

甄園桃樹

我來此處方春日、初見桃花與我長、今日飄零人事改、離離枝葉已垂墻。

書感

墮處眞同一羽輕、泥塗輾轉可憐生、前因合有無窮業、空博人間孝女名。

夜詠

竹韵蕭蕭裏、殘燈耿不眠。雞聲落月後。霜意迫衾先、母病謀宵饌、弟寒思薄棉。寸心㦆㦇似、曉夢未能恬。

寄竹宜

愛憑窗几面孤峯。記藉巖花倚短松。料得夕陽深院裏。猶憑愁夢認吟蹤。

即事

人病春歸燕不知。落紅庭院雨如絲。寢回膹有新愁在。悵惘煙沈綠暝時。

衡門春盡雨瀟瀟。雨裏新紅黯淡嬌。啼鳥自閒花自瘦。細愁淸恨靜中消。

午庭一角補輕陰。猶是傷春黯淡心。薄恨如雲罨

未省暗悽、微淚自消禁、

又到南風作倦時、朱絃何處譜相思、幽蘭自合空山老、未許人間說素期。

天虧西北地東傾、瀉淚成河恨未平、我願不求人事樂。從教傷感度生生。

雜述

不如前事又今年、飄落情懷自可憐、閒向石欄橋上望。春波依舊綠含煙。

春痕漸向柳條垂、淡淡鴉青染秀眉。初出已含憔

悴意不堪照影向明漪、
早將哀思入鳴琴、一曲離鸞百感深、休問人天淪
落意、十年前事已傷心。
燈火江城夜柝驚。車聲望裏過轔轔。晚風門巷銜
寒處、此意當成刻骨銘、
脩到神仙原有福、洗空香色已無塵、靧妝莫訝芳
懷減、本是人間不染身。
已向人天懺悔多、如何未了是詩魔。從今淨拭新
明鏡。無相由他萬象過。

休將閒恨訴鶬庚，心似閒雲漫繫情。莫使春愁逐春草，年年鏟盡又叢生。

拂竹風尖透翠簾，蕭齋寒氣晚來嚴。爐香心字薰初斷，半臂牀頭未忍添。

幽蘭臭味矢同清，日對芸篇自有情。廿載華嚴祈慧業，輸他雙井是前生。

即事

睡餘心眼自惺忪，淺月幽篁溼露叢。檢取籐瓜花幾朵，牽牛棚底飼秋蟲。

近病

近病怯寒時倚枕、遠書急讀數呼燈。兒童解意頻相問、清影新詩寄未曾。

瘳破虛幃清不寐、空林殘響送殘更、消他閒裏無邊味、細數階前滴雨聲。

菊花和琴師李少樵

自喜離塵作道妝、敢矜風骨學清狂、開疑聚盞堆盤側散似橫釵墮枕旁。漫逐綠珠朝委露、非關青女夜飛霜。好留正色存時序、不乞東籬護冷香。

送人

生平饒有分攜淚、一歲寒江幾送人。今日逢君愁折柳。且教留作異鄉春。

和凝若姊

夙契如君悅性眞、人間猶得慰愁身。懷僊每易留心影、著物殊難避意塵。老託山林空抱癖、歡餘菽水未嫌貧。秋心漫賦天涯感。欲採蘋花獨愴神。

白傷

況瘁年來力已殫、從教損寐與忘餐、一時沈涵人皆醉、舉室焦勞我敢安。望裏蓬壺終覺遠、定中芥子亦爲寬。焚香自覓三生果、寂寞雲根煙穗寒。

三十二歲生日偶成

卅二年華逝水過、半生何事不蹉跎。飛花到眼春都盡、衰柳如人秋已多。孤客景光餘涕淚、孱身魂癡怯關河。西風剩有靈均感、憔悴荒江意若何。

涼意

幾番涼意逼窗紗、寥落空庭細雨斜。曉起竹陰閒佇立、牽牛猶作晚秋花。

答凝若

窗虛月黑夜迢迢。清影猶能慰寂寥。化作爐香知不願。檀心一寸替誰焦。

辛亥季秋晦日送別凝若姊

甫訂新相知。旋傷生別離。樂事未終極。哀情迫相催。聚散會有數。撫懷恒自疑。俯仰長惻惻。焉知我心悲。風塵正澒洞。烽火連江湄。茫茫天地間。去去安所之。遠行念良友。悽愴摧心脾。竟無一日歡。盡我生死辭。不爲今別傷。轉悔昔聚非。嗟予此行役。

晤面復何時，子歸良自適，我悲詎有涯，蕭寥守窮巷，鮒魚困難支，況遭鋒鏑驚，煢煢何所依，蹔爲巢燕安，每抱池魚危，憶昔同嗜好，唐詩兼宋詞，寒燈耿昏夜，晤風入罘罳，戀子須臾留，瘦影孝處帷，子行我長歎，垂涕空霑衣，榧院冷月魄，菊圃孤霜枝，念予去心急，不能爲我遲，苦彼柳條倦，咽此寒蟬哀，素志鬱何託，踟躕覓所貽，聊以致拳拳，奉子雙瓊瑰，行矣勉自愛，共保黃髮期。

過凝若故居 驅車過湖岸，衰柳餘青，寒蕪凝碧，夕陽人影，流水輪聲，望裏幽居，伊人宛在，蓋不勝棖觸於予心云寒柳殘陽驛客魂，舊時芳草舊重門，哀蟬莫認泥車路，流水橋西是淚痕。

田荆唐棣誇同姊，異姓同心姊妹恩，各有衰親須共念，相逢互爲問寒溫。

湖風五兩催帆去，淡日荒煙景寂寥，野泊不知離夢遠，寒流打枕語殘宵。

如水宵清寒不寐，窗風暗透似鋒銛，感他一示天人語，自炷心香昔昔添。

將赴杭州留示純弟

頻年夏楚兼呵譴，莫以無恩怨女嬰。能大門閭終賴汝，吾家世業本詩書。

花底提携燈下讀，愛收殘稿護新詞。從今隨母知爲學，小別尋常莫繫思。

煙波浩渺風輪疾，愁煞江干雁影分。祝取寒梅花發後，歸持樽酒更論文。

此身

此身生小飄零慣，却把他鄉認故鄉。今日欲歸愁折柳，絲絲牽斷是離腸。

書感

征驂欲策轉愁予慈母從今苦倚閭永願窮廬陪夜燭細摩手澤讀遺書秋風蓮社傳經處作日鱸堂問字初去住因緣俱可念佇看行月下庭除

半畝

半畝園林勝年來手自營春花留蜨好秋藻養魚清經卷泥金寫詩篇積淚成黃鸝汝何恨啼作別離聲

書所見

門巷斜陽暮靄凝，冷風吹到指尖冰。水蒸魚氣飛橋近（橋下多魚船，側多魚肆），煙隔人喧晚市臙。心有離憂非為客，身多閒致轉憐僧（時偶見一僧）。遙聽板屋機聲出，慚愧勤生我未能。

寄詠華

乘潮相視語終虛，輕負遙天一紙書。只祝秋來懷抱好，清罇還約菊花初。

吳山早晚頻相見，千里歸來喜此人。座上明嵐映顏色，古梅相映十分春。

紹陰別謗華

細舸官塘路催人兩槳飛澹雲洗明水空色亦奇輝

偶感

年來清願亦微微初念焉知百種非當晝湖樓安曉鏡延詩山閣染春衣吟餘課蘸毫深淺絃能教臨帖瘦肥瞬息清緣期亦幻人天慧業果誰歸

夢

屋粱顏色幾曾貢遠向關山未苦辛自是緜魂飛

越慣五更六夢未爲頻

詠燭

滴淚煎心爲別離秋池難問遠行期瘦人月暗霜嚴夜誰見無眠對坐時

別母

讀書有女知何用膝下相依莫慰情再世爲男求反哺望孃灘上誓生生

秋江染淚有丹楓此去孤帆料峭風照與雙流通夜月夢魂只在母懷中

慧明居士遺稿卷下

山陰周演巽繹言譔

舟中作

浩浩乘風去平生此壯遊襟澄重海月輪轉碧天秋歸意先玄鳥機心澹白鷗殊方誰入念親舍屢回頭

舟夜感懷寄弟

飢驅寧畏路漫漫辛苦舟車意自安不向窮途嗟落莫從來身世是艱難孤星曙後知誰念瘦月宵

來且獨看弱弟家中應憶我蘆花江上雁聲寒

睡醒

霜落前峰夜寂寥睡醒雁唳引征橈誰知微月荒江上夢溯寒流第一宵

寄題南昌所居小榭

半載經營簾鏡空庵庭籐綠繫吟思也緣薮水求將母不是萍蹤愛遠離露砌草涼引蛩語秋林葉脫警蟬飢應知幽竹寒窗下養取清陰待我歸

孤山

孤山別後花如雪，飄向朱欄䐲淚痕，直到雪消離淚在，月中清影獨黃昏。

迦陵爲結綫𧜟作此以報

不獨天才妙眞誠，百可憐相看從脈脈，不見又憪憪。花好收餘片，詩宜拾斷篇。寒窗憑一縷，爲我結纏綿。

述懷呈梅生師

望窮雁影暮江昏，寒雨瀟瀟晝掩門。豈有才華堪世妒，敢將疏懶負師恩。縱教飢渴心寧害，幸託詩

書道可尊一語倍生空谷感天涯勺水是知言

遊子吟

學子紛紛束行李歲暮寧家共歡喜彘巾擁領衣

碎踵粟肌猶怯寒威重遊子天涯覩此悲幾年作

客還家稀終歲辛劬苦爲役衣食未周誰顧復去

書恐切慈母思寧忍號寒與嗁飢飢烏枝頭凍翩

翻返哺未遂心敢安宵深風雪梅花瘦兒寒不知

母寒否

記過

人生苦多過每在恣肆中言或任其放物或失其容懸或諉其親德或伐其功靜言時一思追悔將何從凜哉人禽分嚳欸誌厥躬

夢醒

夢醒清光涼似水夜深圓月下樓臺忍將好景付酣睡安得伊人招可來同性偏難成聚處孤悰聊自付低徊漫因江海傷綿邈意境斯時許著誰

應爲

湖上雲陰足夏涼南風又送藕花香紗幮夕夢淸

如許應爲離人覓水鄉

初秋

庭柯悽落葉病骨怯秋深山堞悲孤角江樓急暮砧勁風初雁影涼露晚蟬心別有陵苕感哀音入素琴

含惘

含惘將悽佇暮涼平蕪餘景媚秋光憑誰繪上離愁影辛苦多情是夕陽

對菊

叢桂花肥菊可簪園林秋色雨中深自嫌多病消清韵且對幽芳展素襟未有人同閒裏趣但無言映靜中心餐英待擷東籬蕊起薦寒泉一細唫

登樓見桐花偶感 十二韵

初見梧桐花又見梧桐落時物有代遷人事忽如昨微軀感飄蓬眞性豈無着興至一登樓爽若謝塵縛白雲遙擘絮翠竹近吹籜目送飛鳥徂心向虛空樂吾道豈云窮聖人若不作求者非其途誤日擬揣籥

秋日

秋高楓老越江寒辛苦飛來雁侶單望裏白雲愁
裊裊夢中明月影姍姍念深黏覺無思好性潔誰
云證道難願與湖波同不盡烟雲佳處百迴看

閩海舟次

健鶻橫排接碧空颶輪迅鼓駭蛟龍孤衾假臥身
何許二月春霆風雨中

馬尾夜泊

海氣浮空浪拍舷待潮馬瀆意悽然舟人夜語客

聲亂離夢何繇覓遠天

贈凝若

說忘情處竟何曾欲懺詩魔亦未能凍筆曉呵遊伏枕新詞夜讀起挑燈化爲月色仍相照修到花香定自凝與子精魂無盡境三生石上說三乘

次韻答嵐師

積歲羇懷慮好景今年方不負韶光詩情已逐雲情遠春思何如客思長日暮尉愁寒共耐天涯憐病食頻將十年門館深恩徧敢覗閩南作異鄉

寄嵐師 病夜不寐憶所示句

絲魂如夢欲誰留省憶深恩孰可酬月底小車歸去晚衣單猶自念樓頭

早起園中呈嵐師凝若

蘋影融朝窗睡醒日方旭庭宇猶蕭寂主人酣未足惜此朝光趣趁園攬林木穠華明闌干細枝亞墻屋徘徊園西東人影倩花竹蓬頭亦愛好何必矯妝束顧此物情妍足助余懷淑凝佇儷珍叢沈吟忘膏沐

夢湖樓晚眺

極目山樓收好景過遮煙靄遠山蒼幾回孤賞籬邊趣不共花前看夕陽

春日泛小西湖

白鷺先我來天水相空濛詞情與雲遠人影同湖中聯詩拾零紙携手張孤篷泖魚見餅婦名物談螺蟲急溜濺低岸槳輕搖煖風菱枝一水滿花氣雙橋通孤亭如一笠卓在波之中春色不可畫目凝夕陽紅

苦雨聞有水至

積雨苦淫潦雙鳧飛不來溼蝸緣壁蘚浸蛀上堦苦結舌夷蠻曲飢阼齏海隈用楞嚴目以睡爲食意倦衾聊伏息心止任腸廻腹疾通宵苦離愁水一涯豈憂化魚鱉終竟困龍蛇大陸沉疑速仙槎渺恐差未妨同蠖蟄小住漫咨嗟

即事

寒林漸霜氣日月空山高晴旻融天漢仰視何陶

陶別院樗蒲集紅樓珠翠豪衡門有幽士抱寂眠蓬蒿

南園荷花生日小集

雙燒絳蠟照花前小果名香列綺筵水國舊盟惟宿鷺芳園古調有鳴蟬靈修已謝湘江怨淨業同依白社禪向晚池臺風露冷清罇沈醉願年年

呈嵐師

吹暑宵中風雨勁燈爐暗窗對孤檠曉來撫景忽有觸惘惘自傷如酒病室清書長苦無俚那得佳

詞發清詠忽然珠玉天半落初事抹塗違敢競搜尋一二意未愜窮追竟日篇難竟學幸有師敢自棄顏强寧復畏譏評人生氣質容或頗風物江山藉涵泳天涯性趣可許同聊忘客憂竊自慶時馳易覺光景遷春仲始逢夏已孟又思前夕坐湖樓小果堆盤月華靚心光香穗兩依微素忱默契閒相映今朝旁晚又朱暉心覬勝遊夜還更宵清何愁月出遲徑掃庭除篤相迎

寄弟百吧

雁影分飛又幾時天涯有弟慰離思書來喜説經
能讀年長須知道可期志趣勿爲貧賤累樞機宜
向聖賢師蕭豥祖父遺編在一縷清芬永念兹

次韵嵐師

避囂幾日處山鄉愛看名花正藝秧更喜曉涼梳
洗罷繞林涎潤荔枝香

夢渡海視迦陵

片時相見未分明别後容光替脝驚輪與夢魂能
便適須臾來往一身輕

爲謝此間安樂國欲携君至共遨遊不知何事催人返燈炧鐘殘雨滿樓

壽康手製玄紗衣見寄

豈曰無衣念遠裳拌刀親爲剪玄霜綃輕未礙金針澁瑫好頻隨錦札將天末願通微密意人間多是別離腸楊梅荔子遙相望佳果何時得共嘗

夢

寒夢淒涼不可思曉鐘初動五更時若將莊語摧心寫怕見愁容有淚垂香裏因緣成惝恍幻中迎

迗祇迷離鴉塗偶受尊師譴倦傍牀棱欲坐違

寄玉農

幾番客裏過春寒寒勒林花不易殘入世懺情如我寂題詩有淚向誰彈鴛湖家近思歸易馬瀆潮迴覓夢難墻角閒苔借步處尋蹤憶舊動微歎

風裏見落花

落花風裏翠禽嘑吹上林梢不肯低咫尺寒山紅雨隔黃昏相望暮樓西

園中餞春

韶光九十只匆匆，百種芳情黯淡中。珠箔貪看飛
絮白，錦鞋愁蹴落花紅。天涯歸去寧無侶，勝會重
來可得同。別有離愁消未得，夕陽煙外小闌東。

花前

近延翠靄山三面，遠睇晴天雁一行。不向花前同
小酒，淡紅無奈此斜陽。

寄嘉齡

梔子櫻花憶昔時，金鈎細摺替挑絲。飄零豈有才
堪愛，憔悴誠憐夢亦癡。物我悲歡皆幻影，詩書道

德足真持明湖碧澥心何許願誦箴言結後期

兩病漫遣

瘦骨餘幾許頻教二豎侵漫天無住兩方寸有知心持性趣禪悅沈機詣道深藥香差可意入息耐幽尋

憶舊和凝若

舊借吟處莫尋思一檻涼陰拂柳絲今日春深飛絮盡夕陽不是倚樓時

舊借飲處莫尋思簾影花痕滌玉卮今日悽簫暮

閨裏迴腸如醉有誰知

舊無眠處莫低佪斗帳宵深燭影迴漫倚寸光長照別煎深淚蠟易成灰

意難宣處轉忘言言到忘時意却存好護慧光流遠照莫教無力慰離魂

五月初三夜即事

小雨疏風度碧檽步虛聲永夜冥冥道心自向青宵迴燈穗光中禮百靈

晚坐

淡煙涼月不言中晨夕清愁只自工樓迴坐看山
面面池幽行繞菊叢叢孤吟花底生涼吹薄袂簾
前佇晚風誰繪空園悽寂影斜陽流照過墻東

即景述懷

高林漸見下斜曛橫抹遥天有斷雲對影知誰憐
獨語傷心未止惜離羣遠來寒雁催歸思早覺嗁
鵑聲暮春已是寸心長似醉更無餘力念輕分
風悽日暗易黃昏誰省房櫳有淚痕臨水偶然勸
照影看花不覺暗銷魂忠誠照見憑人意辛苦平

生託性根薄。命天涯飄泊。骰敢將悽寂說酬恩

夢湖樓又作

晚山雲氣結層陰落日鐘聲入客心小閣方臺凝佇遍疏燈林際望中深

聞雁

歲月茫茫不可知百年飄泊總堪悲無心攬鏡看春影準擬安禪斷夢思風篴離亭從送遠霜鐘曉枕罷傷離偏教聞雁生淒感況屬思親憶弟時

湖樓晚成

又是悽笳咽莫愁園林離思總悠悠行吟未覺長
廊盡倦倚還爲曲檻留煙際亂山含落日雲邊寒
樹送高秋靜聞喧市如潮沸浩浩人聲晚尚稠
高樓向晚漫登臨極目天涯黯寸心斜日含輝唧
遠岫飛禽翻影入深林十年華鬢青銅覺一昔離
愁畫角深無限幽情成寂趣人間未是不能禁

虛齋

虛齋向暝聚飛蟲又見歸鴉急暮空孤堞笳聲催
落日千林疎葉戰西風不嫌冷况將人瘦或有玄

思與我通執永禪心聯性侶香絲寒火一星紅

秋夜即事

横飛厲響是西風乍拂林梢又遠空搖几燭痕依我獨凭簾花影與人同晦暝天色仍多雁寥寂秋聲入斷蟲別有玄思融妙覺醉餘夢後意微通何來聲響辨難眞落葉蕭蕭似有人虛瑟非無遥夜怨盧堂兄是獨吟身宵因月黑翻宜雨花近秋佳却勝春也算此間幽賞足繙書燈底漏移頻

寄伯慁弟

山樓清坐日遲遲，白髮慈親入念時。執業汝能脩子職，勗虔我欲和笙詩。貧家色笑逾豐養，客路平安漫繫思。閩港章江通一水，夢魂千里與遙馳。

題攝影寄母

眼底嬌兒鏡裏身，𢙢中嚬笑自相親。孤他華白蘭馨意，長向天涯耐苦辛。

題攝影寄靜宜

雁隔鴻飛及二春，相思知向靜中頻。無因可慰天涯意，認取明湖鏡裏身。

詠雁寄弟

日暮朔風緊孤征凛羽翰已知江海闊尤覺稻粱難弦月傳聲遠汀蘆照影寒頻頻將客札兩處報平安

信步

信步閒尋詩天宇何寂寥微風度叢竹枯葉辭芳條幽花媚小庭人意空昏朝天機已滿春寒意何蕭蕭

繞樓皆青山山上翹高亭應知虛曠處所居宜仙

靈諸峯日無語爲我凝遙靑薄暮一幽影悠然對翠屏

暮寒

雁後盧開花婉變天涯難寄淚闌干高樓孤影西風緊知我離愁是暮寒

秋仲上弦夜小集

但有涼颸意自淸莫嫌弦月不分明小屏短蠟宵光颭古鼎絲香佛座縈合澈塵心教入定共持玄意事長生深秋商理東山屐好趁晴天結伴行

夢湖樓呈梅嵐二師

昔日湖上夢夢影何蒼涼今年證夢湖往恨如能償坐對湖樓山黛色添牕光俯瞰湖樓花曉夕滋榮芳於此萃吟賞紓情愜中腸稍釋離别苦白雲藹高堂銜杯未盡歡撫弦忽自傷我生且有涯此聚寧可常浮世固大夢何須慨黃粱所冀勗德業貞此微性光萬態有終極一誠存大荒循環任物化無息抱我剛

紅菊寄嘉齡

幾處新霜染冷楓也教秋菊作春紅看渠著色東籬外似我閒行夕照中絳帔高人來薜徑朱幢禪客出花宮天涯無限西風感遙想持螯一醉同

周雨漁先生園壁畫松歌

游藝多所尚惟畫亦其一吾宗有人獨擅長與之所到尤横逸偶來園中作古松忽驚腕底來清風縱臂揮灑煙霧空漸訝堊壁騰蛟龍幹高枝古葉蟠鬱眞氣直與泰山通意匠冥會神欲絶我已贊歎忘言説又寫梅花三兩枝歲寒有侶同冰雪相

看微月正黃昏幾回誤我手欲捫芳園曉暮巡千匝峭影直欲留孤雲先生用意妙莫測游心象外理斯得更須添寫竹數竿六月簾陰生晚寒

別嵐屏師

初春相見忽寒天分聚匆匆總惘然便去已諳閩海路重遊待泛浙江船爲憐慈竹教歸侍欲鏟新愁勸學禪深憶園爐風味好看花端不負明年

碧海

碧海悽音合遠谿江春曾憶寄新茶離心可作天

邊月別夢眞成鏡裏花蠟淚未銷長耿怨萍踪難定更思家高樓曉夜驚魂處雲外雷聲過往車

曉發車中東迦陵 丙辰蠟月廿二日

早發先雞起衝寒步曉霜未醒生死夢又歷別離塲昨淚留殘燭孤悰味別觴車輪千百轉不及我廻腸

自題近稿

聚苦飜甘成遠離思深夢慣尙餘悲含光定鑄紅樓影握雪寧渝北海期靜藉經香銷窈恨幽尋絃

韵託瑶思蠶絲蠟淚誠何果底似無因屬未知

碧陰孤坐久無悰空際風香度晚鐘離影墻枝呈

婀娜寢痕粱月祗朦朧緘愁兩地新魚素疊恨三

山舊翠峯萬隔都緣形氣事定光圓照是眞逢

輿中望寶石塔

輿中縱開目峯巒千蜿蜒聳起是何物孤塔峙其

巔籋雲直欲上縹緲如飛仙仰瞻貞瘦姿層層凌

春煙低徊見晚霞鐘韵流清圓石髮長逾碧天花

幽且妍愛茲山水靈坐憶歲月遷佛光何隱約頂

禮參眞禪

戊午新春上楞根法師

白塔寺中皈戒地，團蒲香火記淸因。明心猶解參師旨，無相應能見法身。花雨碣門長壽佛，榕煙秦嶼古時春。聲聞不爲滄溟隔，稽首慈雲頂禮頻。

中秋再上楞根師

自具香花達至誠，已無言說導微情。維摩丈室滄波隔，龍女玄珠佛座瑩。遙向迦音尋妙諦，靜從魚韵認經聲。闐天千里秋光淨，太姥峯高寶月明。

池行

寒入斜陽萬柳絲，閒來百匝繞秋池。仰天孤感渾無著，盡日微吟待贈誰。涼露淒淒紅藕老，微波脈脈白蘋知。當年岸路經遊處，覺有風光似此時。

秋風

秋風五見蘋花老，聚日爭如別日長。舊侶久虛鷗鷺約，時羞又負芡菱香。微波冉冉鐘聲遠，落月悽悽潭影涼。不盡天涯洄溯感，孤亭水際照思量。

書感

方諸有淚海天長一縷清愁入杳茫廿五冰絃瑤瑟怨十三箋字衍波光煙涵遠碧滄溟闊光射輕黃星斗涼欲截寸思銷往業斷絲燒盡夜禪香

塵痕回首易滄桑往事如煙總渺茫白塔曉寒聞戒日朱門春暖讀書堂漫營香葉棲鸞地待建天花選佛場結念酬知餘百感海山如夢正蒼涼

寒夜

夢影消時賸臥思人天離緒自禁持可堪樓暗燈昏夜又到冰寒雪凍時黃葉雖稀愁轉積遠書慵

寄雁非遲思家怕近還家路飄瞥飛輪意不支

有寄

香篆無聲法鼓停戒壇華雨靜冥冥素琴一寫成

連意仙韵冷冷隔水聽

秋河影外界空青天雁迢迢夜夢醒塵世無方教

縮地願生霄漢作飛星天雁乃飛星中之吉祥者

絕句

離聚尋常無可念人間何處著眞情山雲潭月應

相證香火初心是至誠

擬古 絕筆

有淚不堪掬咽作心上酸有意不可宣迸爲雙淚
泉淚乾眼欲枯意結心自煎鬱伊復何事悽愴摧
肺肝恨鑄九州鐵悲化重泉煙悲恨誠如何墜落
傷芳妍芳妍徒自傷斷藕休纏緜

慧明居士遺稿

湖影詞

山陰周演巽繹言譔

如夢令 月夜同靜宜閒步

爲惜良宵清景携手風前相並初月正朦朧不辨
松陰花影人靜人靜休負夜深蘿徑

玉樓春

湘簾幾度東風軟芳事闌珊人意嬾夢回深院有
鶯聲催起春魂天乍晚　青菱掩久香塵滿舊日
容光從暗換垂楊亭外雨絲絲苦憶別離心欲斷

百字令 自題小影

曇雲片影問幾時吹墜華鬘浩劫一霎人天遙隔處賸見飄零蹤跡生果有涯留原如寄小作塵寰客此身何似脫林秋半輕葉 還憶往昔清游瑤京舊月何事成圓缺夜久徘徊風露冷飛佩低鬟都溼海國秋高荒江夢冷欲渡愁難覓相逢凝笑簫聲吹透空碧

虞美人 喜晤凝若

分明攜手翻疑夢別後驚還共花前語笑總天眞

恰比那回相見更相親　朔風吹落蕭蕭雪似惜
人離別閒情願作影和衣隨汝畫眉牕下日依依

蝶戀花

女伴有拈歐陽公蝶戀花詞首句分題者予亦得兩闋

庭院深深深幾許簾押聲微燕子低飛處剗盡春
愁無一語金爐恁裊沉檀縷　寂寂重門關夢住
病損眉峰難覓傷心侶鎮日花前空意緒苔痕猶
潤前宵雨

庭院深深深幾許春夢搜尋不識閒吟處獨自凭
欄聞笛語茶煙輕颺愁中縷　今夜離邊思小住

化作飛花、也是天涯侶。不耐黄昏牽别緒。片雲又作催詩雨。

蝶戀花　和凝若賦雪

雲色凝空風力勁、簾外天涯、目斷遊龍影、愁比飛花吹不定。函書獨自黄昏映。　似水臣心行處靜。一任飄零身世同萍梗。莫向陽春傷薄命。瑤台小謫須回省。

聲聲慢　題凝若影片即送之赴申

緑魂歸盡小影、空留清愁幾許。堆積爲問甚時相對儐人悽寂行行遠程底處怕從今水遙山隔長亭畔祇千條衰柳數聲殘笛　目斷荒江飛燹秋風緊孱夢苦難尋覓淚泫涼花可省暗眶啼澀天涯片雲慘澹照黃昏無緒佇立憑寫我斷腸句神亡賸質

臨江仙

空際碧雲橫映處幽牕輕夢來時素蘭欲寄復遲疑芳心初結處難必好春知　爲爇爐香深夜起斷煙殘月悽迷天邊惆悵去緘遲祇緣人病損不

是燕情微

前調

瑟瑟西風吹雁字秋陰欲下雲端寫成病影寄偏難先濺愁裏夢迢遞渡關山　自落人間明月夜寸心猶怯高寒清光乍接思漫漫鏡中頻省識何處似曾看

西江月　奎垣巷女校病中作

窗外風遒雨緊窗中香炷燈青夜長消得是淒清只對病邊孤影　茶熟爐頭自沸、鐘疏枕上難聽呻吟展轉暈還醒，一縷詩魂纔定。遠夢來依病客，霜風不貸孤衾。秋聲一半穀魂消，又聽荒雞唱曉。　起剔蘭缸殘焰，爲尋琴匣柔毫。離懷欲寫恁無聊，一任閒愁千繞。

虞美人

高林漸黑歸鴉噪，萬瓦炊煙裊。爲憐芳草踏斜陽，早是幾分離思斷人腸。　歸來一昔眠難穩，心緒怎安頓。當時亭館映湖光，消受些時風月儘淒涼。

百字令 湖上送別

飄然一舸便衝寒歸去柳絲難繫比擬江城風雪夜深巷罩車窗似潮落空江霜嚴翠堤多少臨分意芙蓉墻角來時曾記花木　應念淡泊生涯塵埃衫袖揾盡傷心淚吟對高峯南北路雲影黃昏無際樓燭分題畦蔬薄釀更約湖脣酩夢隨人遠闌缸繼夕悽倚

金縷曲　歸紹興故里寄懷褚遡齡杭州

鑑水春無岸問孤舟離鄉幾載却憐鄉遠禹廟闌亭疑夢裏蠟屐登臨難遍又何事潸然哀感目極

稽山青疊疊只思君莫寄花前東飛不到聖湖雁鱠魚買酒堪消遣甚頻頻高樓燭底紅添啼眼乍去旋來原小別累爾柔腸千轉更休倚銀箋題怨依戀尋常兒女意祝冰心長把清愁剗臏此意為君勉

江南好 病趣

清宵永靜裏只蟲吟花朵輕安低絡帳香絲不動冷瑤琴病趣一燈尋

前調 山意

流連久山意晚樓清寒入望邊燈未上紅斜雁外日猶明欲畫畫難成

摸魚兒　劉莊歛集

向東風燕嬌鶯婉明湖無際春晚髻螺眉翠臨寒鏡睡起曉山妝懶愁暗遠帶一片平蕪樓外情何限垂楊莫綰縢憶舊心懷傷離滋味薄暮祇悽黯新來暖漾入橋邊波軟畫橈斜日堪喚斂光鬟影細桃側語笑頻聞遞醆憑曲檻看塔影沈煙嶼外浮尖短催歸緩緩時有邀登岸觀劇者望鞠部新場都巡

舊地燈火萬星燦。

氐州第一 帆影

暫置雙橈、細占五兩、枕流且藉風順。乍遠汀灣、還移岸渚、却有輕鷗閒引。搖漾澄波裏、時掠高樓簾影。一任遲迴不渡、芳塘睡鴛眠穩。　幾度潮回難辨認、更薄霧空江疑暝。入樹侵莎、穿菱拂荇、只與斜陽相趁。誰憐離魂黯處、催千古征程悽迅。指點天涯、共一片客愁無盡。

前調 主曹宅題贈敦錮

一鏡芳甤、幾堆縹帙、茜牕棐几明淨。牋潤詩痕。簾通琴韵。寫出左家嬌穎。細語商難字、香裏古心微證。消傍清芬曉夜。吟邊客愁都盡。爲我量衣還置枕。憐夢怯簟紋涼。沁、小扇調風、低欄佇月。怕渾入他時思、影。爭堪飛車碾處、離恨合林煙迥暝、莫怨天涯、有舊雁紅樓遙認。

減字木蘭花

音書難寄、心繞雲山千、萬里、鎮日懨懨離、恨纔銷病轉添、春聲窗底、寒雨無情敲不止。譜笛談碁。

佳夜怎禁憶舊時

高陽臺 紀夢

海底珠光，春殘繭絡，銷沈舊恨多時。待理琴心，夜涼攖拈冰絲。爐香定解青冥意，儘飄零、那便傷離。暗凝思、曲曲闌干，花落誰知。無端怨淚簾前映，有吟魂迤邐，悄倚紅藥。墜月疏鐘，頓教竟夕猜疑。人生夢覺都成幻，任前塵、何許淒迷。陡醒來、簟冷燈虛，月暗天低。

慧明居士遺稿終

于山萬歲寺記事

吾宗女子山陰周繹言丙辰年至閩授經林氏才行照聞穆然師資也文詞書法尤美不鄙讓陋時以畫事叩余爲言皴石鈎樹諸法言下多悟予繪古松於所居齋壁女士爲作長歌紀之太姥山瑞雲寺楞根師者高僧也適駐錫于山之萬歲寺女士夙耽白業予爲介於楞根師師開堂說法女士潔齋和南歡喜聽受師爲錫法號曰慧明靈山香火一日凈緣解纜分程未嘗忘念其後七年慧明

自杭州歸西蓋後清安居士一年云清安者亦修持佛法與慧明雅故卒於蘇州蓮天衆影各證淨因五濁凡塵知無餘戀也楞根師今歲自山中來聞慧明化去爲合掌誦佛而予記憶前事如見法鼓聲中香雲靜裊時也甲子仲冬東越佛弟子周愈謹記

何桂珍 撰

栒櫞軒詩鈔（附詩餘）

民國十四年（一九二五）上虞俞氏重刻本

提要

何桂珍《枸櫞軒詩餘》

《枸櫞軒詩餘》一卷，何桂珍撰，詞附《枸櫞軒詩鈔》二卷刊行，民國十四年（一九二五）上虞俞氏重刻本，國家圖書館有藏。《枸櫞軒詩鈔》最早刊刻於一八九四年，爲何桂珍兄弟何桐雲所輯。據何桂珍子壽滄跋云：「仲舅桐雲公雅與母厚，不時唱和。甲午春潛輯所得付梓。母方訝其炫露，已不及止之矣。」一九一四年，何桂珍過世後，壽滄重新收集整理母親遺作，「仲舅所刊原本次其歲月起丙子訖癸巳重訂爲上卷，甲午至辛亥所作零星搜輯訂爲下卷，都一百五十八首，謄以詩餘十五闋，遂成完帙」（俞壽滄《枸櫞軒詩鈔》跋）。從以上可知，其子將何桐雲所輯的一八七六—一八九三年間創作的何桂珍的詩歌輯爲上卷，其餘零星搜輯的一八九四—一九一一年間的詩歌輯爲下卷，另附十五闋詞作，從而完成何桂珍全集的整理。然這本於民國三年（一九一四）刊刻的詩詞合集「原板辛酉毀於災」（俞壽滄《枸櫞軒詩鈔》續跋），即一九二一年書板毀，一九二五年壽滄重刻《枸櫞軒詩鈔》二卷，附《詩餘》一卷。集前有甲寅年（一九一四）俞昌言叙，弟桂芳題辭，目録一份，集末有甲寅暮春其子俞壽滄跋和乙丑年（一九二五）俞壽滄續跋。

何桂珍（一八四五—一九一三？），字梅因，善化（今湖南長沙）人，廣西慶遠府同知俞維藩妻。何桂珍生於官宦之家，幼耽經史，一八六七年嫁俞維藩，婚後不久公公病故，婆婆多病，夫家家道中落，其與諸娣持家奉親，殫精竭慮，吟事遂廢，丙子年（一八七六）後才漸有所作。一八九八年丈夫過世後，何桂珍常鬱鬱寡歡，作品語益酸辛。何桂珍一生歷道光、咸豐、同治、光緒、宣統數朝，並親歷辛亥革命，國家多難，家道中落，飽經世亂。作品以詩作爲多，内容主要爲隨宦行旅中紀游之作和思親、悼親之作。《栒櫞軒詩餘》中僅收録詞作十五闋，以抒發閑愁爲主，以清麗風格見長，只是不出傳統閨閣詞的藩籬。當然也有較佳者如《鶯啼序·長夜不寐，萬感横生，用夢窗荷花均倚此自遣》，既寫「荒譙戍鼓，啼烏遠逐」的時局動蕩、戰事頻繁，又有對當局的不滿和軍隊將領「關東鼠子」的批判，既有對時光流逝，「一夕成憔悴」的慨歎，又有「年華老去，滚滚黄沙，蹙損眉心翠」的自憐。這類作品中詞人善於融入多層詞意，曲折往復，意藴深厚而令人回味不盡。

枸櫞軒詩鈔

敘

栒櫞軒詩集余嫂何太淑人遺稿也同治丁卯嫂于歸吾兄余方童稚家塾課畢嬉於庭嫂輒問今日所讀何書所誦何詩有不解處必爲之譬喻明晰而後已時嫂弟桐雲好韻事余初學推敲獲桐雲之益亦多猶憶桐雲寄嫂詩中有珍重及時謝道蘊獻之作友最超倫之句竊滋愧焉繼而大故迭遭家道中落余負笈來川嫂隨兄宦而之西粵旋就其子壽滄養於京華別經四十年音問頻通語多訓勉辛亥首夏寄小相弁詩索和雖道阻關河尚惓惓於白頭季子也乃世變滄桑積憂以

歿葢年已七十矣今夏壽滄以栯欁軒詩詞寄川求序慼音容之頓杳幸心血之猶存余能已於言哉亟付印存以光家乘至於守女箴勤婦職事翁姑務得歡心教子姪皆登科第姻婭誦其德鄉黨稱其賢壽滄跋語皆紀實也無待贅述

甲寅九月上浣夫弟止闇俞昌言識於錦官城南之銕簫吟館

題辭

行徧江南萬疊山江湖草莽一潸潸祇堪和血馮高哭臏欲銜言報國還九地清霜孤客夢前生明月古時顏與君多難思疇昔瘦語酸辭末即删

豪興猶堪插羽飛聖明能許就漁磯驛窗雨溼蟲絲下水屋燈昏蟹火微滾滾三江行地是寥寥一笑問天非賴魴白鯗今從擅斂手薑芽遜亦肥

折戟塵沙異代心秣陵野色鎮陰陰江山霸業降旛卷帝子精魂寶瑟沈過雁西風吹影斷搗砧南雪隔秋深抽帆苦擊潭煙破往聽虬龍夜一吟

我醉驅車來日邊海門雲物幻三千洞簫吹墮關山淚
警柝敲殘雨雪年從古金焦無坐具祇今桑苧有書篇
落梅斑竹空相憶况對新詩更愴然

弟桂芳謹題於揚子舟中

枸櫞軒詩鈔目錄

卷之上

卷之下

枸櫞軒詩鈔卷上丙子至癸巳

善化　何桂珍　梅因

余于歸俞氏棄詩書十年矣丙子養疾東莊偶展行篋得仲弟桐雲舊贈之作愴然有觸聊賦一律

荆籬茅舍野人居養疾東莊夜讀書靜裏光陰依藥石夢中夫壻佩龜魚悠悠往事嗟同氣耿耿深懷問太虛行篋凋零詩句在穎濱消息近何如

悼姆氏許淑人二首

悼君遭際爲君悲生不逢時恨莫追月夕花晨愁裏過等閒從未一舒眉

憶昔同甘共苦年一牀風雨夜談禪誰知小立門庭曰白草青山黯夕煙

病中感作二首

久抱沈痾懍歲寒歲寒轉憶客衣單別離夫婦尋常事帶病連貧此別難

愁病連延苦不支錦箋欲寄卻教遲風煙萬里人雙淚强報平安慰遠思

重過株洲二首　並序

余九歲時侍　先光祿公出滇如浙道經株洲夜泊時東南用兵流寇阻道人有戒心夜半鉦

鼓如雷舟中皆起疑是賊至已而寂然及明詢之土人乃知迎神報賽夜有所作耳然 先公以此驚悸成疾東至臨江疾劇不能行主於金門生家數月始愈光陰迅速不覺廿有餘年今隨夫子之官桂林舟又泊此而青山依舊人事全非眞不待聞猨狖而已隕涕矣

廿載於茲兩度遊青山如縠水如油叢祠鉦鼓歸何處父老當年已白頭

寇起東南白羽馳扁舟夜下水澌澌百年家國興衰局祇有株洲似舊時

舟次

清愁引釣矼辛苦木蘭艭地已三湘隔人驚百粤腔

全州道中口占

共道崎嶇行道難山程水驛筍輿安阿儂辛苦還堪笑野店黄粱獨健餐

望桂林山水喜而有作

桂林山水冠諸州天遣詩人豁遠眸雲氣西侵昭嶺色河聲東瀉廣江秋孤城落日聞猨嘯野水連天放棹遊近日小齋無一事晚來强半爲詩留

野望

乘興郊行遠未嫌異鄉景物客隨拈山開粵嶠千形怪水別湘灘兩派嚴草木繁蕪風導皺樓臺高下塔知尖太泥卻有邊關慮翡翠明珠一界兼

灘江晚泛

放棹灘江上翛然水一灣輭風輕拂浪落日半含山蘭槳雙痕活菱歌一艇還無言觀逝水沙上白鷗閒

獨秀峰

巨靈舒半臂天外石飛來屹立峰千仞凌虛翠一堆水流巖寂歷嶺峻鳥徘徊粵右多奇境如斯亦壯哉

家大人生丈夫子根雲桐雲女子子則蘭因梅因

也蘭姊又沒哀示桐弟

昔我出昆明我姊向我哭我姊奚哭爲我父年衰叔嗟我雁行間其數四爲目曰兄弟姊妹呼逐動盈屋宛如割據朝位各分於獨爾我幼喪兄慘念鴒原歷歸然七句姊多壽豈不祿昆明一揮手秦越飛蓬逐椿耶方弱冠外祖寶如玉長安結游俠湘水隸商舶可憐一子單竟死卅年俗我姊依其妻宛轉付殘局鶉衣不蔽寒饘食不果腹念茲一本親憂樂兩歧酷昨逢南詔客驚聞死亡復不知何疾痛又斷詳書牘長號入宗廟歸唁誰匍匐緬懷我姊才睿智冠姻族書法與鍼神貴工且貴

速我鈍非其儔弟弱亦深服觥觥母氏言兄姊兩名宿
嗟嗟花蕚樓賢禍愚方福當亡存適貴有失得宜錄我
南弟仕北迢迢水與陸夢隨千帆檣心逐萬輪轂寸心
貫金石同室儼賡續分甘我愛弟如弟髮未束然鬚弟
愛我及我此風燭一日一貽書一事一來告君無憂遠
道咫尺寓心曲君無憂費辭字字熏香讀百年駒過隙
千古電露促我姊魂歸來人鬼誰能瀆我弟慟我言莫
待非常屬生存不相親山邱空虞祝猶餘五十年歡樂
期頤篤賦詩寄農曹綣繾重骨肉

寄懷庶母程太恭人二首

望斷青山幾點螺離情默默恨更多遙思慈母閒階坐
應亦思兒盼雁過

昨夜分明踏翠峰依依膝下話離蹤一言更向東坡憶
未到三更已打鐘

哭芝亭大姪二首

少小容華千里駒丁年詩酒兩清臞徵蘭公子生原貴
攀桂才流死尚愚七葉同居人世偶長男中折祖宗孤
渾疑雁斷魚沈處似此荒唐信有乎

乞郡雲章說去留半生心迹爲貧憂省郎青瑣三霄夢
仙侶紅箏兩浙秋故巷蕭條羣自斷舊時倡和字難讐

山陽吹笛長拋淚況是同根淚更流

哭叔母王太夫人四首

遽爾音容隔瀨江白日昏指南愁遠嫁朝北慟慈闈尙
擬涓埃報無能覆幬言松楸行茂密何日哭霜根
痛哭思吾母麻衣歲及三幼孤溝壑近至德地天涵覆
復深猶子宗祧恨匪男遺徽仰姻族身受獨何堪
少小艱難日文章富貴家廿年調病榻萬里脫戎車堦
自乘龍許兒常蠟鳳誇最聞臨訣意揮淚向天涯
屢奉平安字猶言寢食宜驚天徵噩夢並世絕坤儀八
秩皇王誥干行義母碑史臣誰直筆傳述敢陳之

春日有懷鳳英大姑姊妹

思君姊妹復思家獨倚闌干望月華料得故園春色徧
多應開到海棠花

夏日臥病

雪椀冰甌水閣中擘箋支枕夢俱融晝長花膩舒舒日
院曲涼生習習風千歲茯苓有仙氣一場傀儡見神工
閒觀物理期行樂倘愧能文未足雄

秋感

行徧天涯力未勝時平顧慮亦殊能寥天海立叉圓盤
大漠霜清擊俊鷹野草萋萋秋色滿古城曖曖成煙升

木棉花發王佗墓一代雄風爾足稱

雪晴

南樓四望白成堆萬里琪花掃不開料峭寒風吹積雪曚曨朝日上樓臺梅開閣外吟詩立鵲噪簷端報喜來清景此時誰得似圍爐香煮酒盈杯

桂林諸山

邊山銳上名融邱嘗從經師受爾雅箭鏃突兀雁翎刷刀鍔崢嶸鵝膏瀉仙人身披古色裘捧持天仗騎雕馬狂風吹落巒雲中散爲桂林畫分野大艦如拖五丈檣廣屋如側千鱗瓦作詩猶隘昔人吟入畫竟無妙手寫

晴紅雨翠萬態供酒樽游榼千場惹使人倦眼等閒開

如彼禪棲不妨假省門病起意何如遙對瓊峰揮玉麈

小山招飲有吾儕請看閨中同志者

邕江大水

莽莽乾坤自射蛟水鄉喧語夜移巢丹崖錦樹連滇貴

白浪重城汨廣交九陛多恩蠲粟布百蠻無地責包茅

明朝知有官書上手卜燈前盼吉爻

龍州二首

天涯何處是龍州豈有閨中測遠謀午夜軍門推大將

極邊烽火起諸侯誰通絕徼來兵甲好縛降王獻冕旒

我亦半生分帝祿戰袍親織與同仇

萬馬窺邊草易彫全師凱唱鼓鼙驕秋來仙淚金人下刼後寒灰瀚海銷瘴骨五更風旋舞霜翎三射燧餘燒虎符鐵券休追奪諭爾蠻荒識本朝

恭迎黃星台先生至自長沙歸爲外子伯仲及母家諸子師今課吾兒壽滄喜可知也二首

青鬢朱顏一笑溫兩家桃李戴師恩帆拖湘水無邊色衣染蒼梧乍到痕不櫛品題慙進士教經成立驗諸昆蠻花犵草春風徧丱角還登鄭馬門

微贄羞言機杼供壯心常望此雛雄關西風譽三鱣峻

杈度襟情萬頃洪明是樗材煩哲匠期爲美玉出宗工
瓦盆竹榻殊荒廢儒素都涵化宇中

歲暮感賦示兒子壽滄

臘鼓鼕鼕歲又闌淒涼誰念范生寒覼書似酒心常醉
閲世如梅味總酸租吏門前騰虎氣相公席上累豬肝
願兒早遂成龍志浪涌雷門莫久蟠

簡弟二首

忍爲楊枝作短行臙脂山下悉題名豐臺花發誰教戀
閬苑春多爲底輕生太用情才子誤交期有道腐儒成
無窮事業形骸寄屬望深深有女兒

每聞譽口出長安一接家書一可歡最貴功名唐進士
高張列宿漢郎官落花水面文成易春草池邊夢醒難
兩宋雙丁誰繼美巍科珍重步金鑾

感遇

傷哉女子身濯手事漿酒榮華視夫子心力銷妻母沈
沈復沈沈癡嗜亦何有夙興夜而寐草腐木與朽髫齡
弄文翰作婦皆爲後五車徒撐腸一卷豈觸手蠡茲粉
黛叢恰摒荒陋醜一從宦途隨所見珪與綬戒旦聽踢
鼓懷歸夢棲畝夫君骨鯁士清貧徹井臼日日貫衣裘
歲歲說典守蕭條懸罄空強梁折劵負穿窬盜或笑乾

役奴頗咎陰房暑雨溼舊被冰天垢高軒息空巷鳴蟲弄前牖豈無少虀鹽亦畜小雞狗砌蘚向榮生鄰樹過垣受大兒頗識字令官或爲友琴鶴忝一肩姬庶列雙偶有虞支祖庸無爨中箕帚昨來治山邑金印繫君肘青蓋與烏紗照耀千童叟似聞領解子會作執經首爲政念優優注考伊某某願言功德崇且諗精能否坤德古無成從夫望所厚窶貧無何憂蹲踖事非久風猗掃蒲枕雪乳潑茶斗閱世增美悟觀書得夙誘公餘一牾言志壹理相剖

戊子命壽滄應京兆試將行作

瀟灑丁年子親如襁褓見別離時有待父母淚先垂氣欲文章吐心非鷄雀知版輿京國養何日慰吾思

壽滄納粟爲國子生予聞履端力也誌之

兒童忽上計偕車國子宫牆萬仞賒中表多情能教弟小郎有意盼興家不聞端木資原憲但見夷吾累叔牙繡虎文章修鳳筆泥金先到蜀都誇二子宦蜀

漫成

行徧灘江路鶯花到處逢微雲來急雨重霧失前峰錦纜夫八觔青原縣宰封日南何處是苗犵隱邊烽

永福邑齋對月

月色花光繞訟庭遐方無事戶常扃關山南衞森孤戍河漢西流帶大星斯世奕棋千局變一生醉夢幾人醒長安路共行車遠兒時赴試京兆唧唧秋蛩未忍聽

除夕憶兒壽滄

九面峰難辨三湘雪正飛癡兒玩行路何處寄征衣椒酒嗟吾老牙檣夢汝歸新年誰飲泣知否念庭幃

壽滄京闈報罷歸殢湘中歲暮病餘老懷相念賦歸詩八首

歸帆

楚天空闊船窗小隋錦糢糊岸濤繞苦口說歸歸也不

雁峰帶過驚寒鳥一片涼痕何處留一灣一轉楚江流
愁穿望眼山樓畔冷月飛霞水盡頭皇天準借東風力
八幅開張一弦直

歸槳

霜波曉冷遞清響忽作魚天蟹地想苦口說歸歸也不
浪花搖碎枝枝兩銀鷗驚起波纔尺圓打盤渦匯影窄
忍寒俯仰綠蓑翁破睡咿呀黑貂客何人更催鼓千點
電掣長空向西捲

歸輪

朝車忽破當時夢桑乾遥計橋亭送苦口說歸歸也不

鐵花繡滿連錢凍幾時細碾玉階塵駰馬雙駝不取馴
漫嗟逐客飄蓬似須念轔轔倚聽人僕夫一怒鞭絲勁
沙痕笑數千環迸

歸旌

搖曳江蘺又一時雁雲寒濇雨絲絲苦口說歸歸也不
夢魂誰信過江馳悠悠直入煙中去銜斷虹綃攪雪絮
邯鄲冰合拂車簾吳楚楓丹映篷布倚閭心曲何時塞
半空純是離騷色

歸語

下筆平安字本難萬家爆竹歲闌珊苦口說歸歸也不

梅花度嶺淚同乾風衫塵面眼中明細訴殘鱗敗羽情
慰藉親朋疑父母浮沈冠劍恨湘燕惆悵聞言苦記面
一言一日思千徧

歸書

曉來靈鵲簷端噪催到雙魚水亦孝苦口說歸歸也不
開緘先詣宗祠告文章福命系因緣事君有待事親先
儒冠誑汝應無慮銀箭銅龍送舊年焉得青天化長紙
萬丈飛毫寫如此

歸囊

誰吹玉笛江雲破阜袖褷襹紫巾臥苦口說歸歸也不

愁來始服金錢大可會錦字負奚奴恰好艱難蘊智珠
巽書無路荆州借香飯逢人漂母呼銅山高高金穴深
天之命也人之情

歸日

天地上下君父師百祿所賦俄不貲苦口說歸歸到也
卜吉其時賓大宜老人躍下藤緜榻把燭披衣語合沓
喜兒痛兒問兒歸淚滴歡觴同去臘丈夫生不求登科
但願簪管從阿婆

已丑命壽滄又赴京兆試

頻年惆悵鎖雙眉又唱驪歌兩淚垂何日始能無別恨

緋衣珍重慰慈幃

悼子婦陳靜宜六首

話到生天劇可哀斯人斯疾本奇哉空堂舉首瞻遺挂錯認開簾定省來

花事將闌鶴不肥狂飆徧地涴芳菲可憐魂夢宵來入絮語愔愔醒又非

腸斷崔巍堯母門石麟一喜總難論還生自古徵佳詠驚絕人間說抱孫

一苦生離一死別去年七夕不多時閒中姊妹還相憶謂女壽瀣瓜果紛紜知不知

蘊籍深情自養花坐來香國會無遮誰知人去花常好
空負天台萬點霞
手寫金經散與人精誠呼籲古仙眞去來蹤迹分明記
要結兒曹未了因

懷弟姪二首

暫辭白屋上琱鞍薊下風多劇早寒開府門生賢首薦
賜居宅第硯重安遨游靈運呼山賊紀載櫝弓備史官
料得簪書還擲筆許多心事告人難
強攝生涯入綺羅爲憐失意總無何寄奴飲博才非俗
杜牧江湖夢偶多高捧日華看赤手低摩文壘信餘波

辛年乙歲相期待大兄道光辛卯鄉薦乙未登進士　鸞掖西頭老鳳巢

晚眺

野煙籠翠暮雲平飛鳥歸林蟋蟀鳴笑他垂釣溪邊叟猶自持竿待月明

大灘謁伏波廟

將軍浩氣鎮乾坤廟貌威嚴桂海存往事何堪論薏苡新恩應許報雞豚叢林鎖翠雙峰插雪浪排空萬馬奔我亦徘徊情不盡夕陽渡口又黄昏

舟中養疾二首

一艇住波光中眠八尺牀白魚銜舵起紅藕沁風香貞

疾知醫術周流識水鄉行年過四十衰鬢漸堆霜
月落星芒吐湖生地氣同暝江昏似墨高堰吼如雷蟬
噪柳陰近馬嘶山驛來茲焉與晨夕二豎敢爲災

雜興五首

孔雀東南飛百禽與之隨空山有文雉亦自耀毛衣橘
柚不踰淮芝蘭違炎暉物性貴自適焉用依附爲朝昏
飽餐飯霜露加衣繻
皎皎園中竹參參崖下松盈盈一江水窈窈開芙蓉鬱
鬱誰家屋䑐䑐擊鼓鐘朝設千夫饍暮走萬燭龍一朝
鐘漏盡祠廟橫青空官府何尊嚴馨香千鞠躬揚爲管

絃聲奏之南部童丈人請高坐可以觀盛容
客游南郭門槁槁見白骨下有九尾狐戴之拜殘月其
生穀姓名其死脫毛髮似闘交趾役湖南召兵卒瘴死
黑水頭棄置紛未歇封侯自有相理不在戰伐陰雨化
燐火飛上榕木闕
人窮氣得陰天大機惡巧循環理自然違拂事空饒王
章卧牛衣憂患豈不飽張湯遇長史摩足怨指爪雉兔
伏中園飛下搏風鳥儵魚困涸池一旱十日斃當其快
意來往往出入表此理聖不言此意會幽窅所以古達
人昏昏睡頭腦

戴勝催婦織，倉庚向我言。犁鉏及甘雨，苗穎一已繁。臺笠覆東畬，行饁南北阡。分秧遂刈麥，入語村村喧。君宜勤治草，毋使非種延。君宜治隄防，毋使春潦捐。君宜愛牛馬，耕耨多煩冤。君宜愛農夫，黍稷報恩仁。八月租賦完，十月積柴薪。紅爐照白雪，美酒登千尊。雖無富貴樂，異患一奚論。平時耕瘠壤，悠悠哉長子孫。

久未接書有懷鳳英大姑

別思悠悠十載過，雲山望斷悵如何。等閒不到衡陽雁，應是愁多懶硯磨。

望仲弟及子姪鄉舉

卜龍金錢更乞神才華榜蕊兩相因不知何事敲門急
疑是飛黃報捷人

癸巳長男壽滄圓姪壽璋同舉京兆誌喜四首

謝草田荊一色妍泥金帖子降從天人間競說雙丁美
知否青燈二十年

乍聞疑夢復疑真喜極無端淚滿巾柳母熊丸陶母髮
不堪回首憶前因

由來弟悌不先兄天意安排分外明休詡魁三懸吉象（壽滄題名第三）鴻臚可許第三聲

華國文章報主知深深屬望在他時倘閭各有龍鍾母

瓊宴歸來且護持

哭友壽瀞二首

死別經年久難招斷後魂去秋當此際癡絕望臨盆

嗁笑皆成幻傷心棄我先早知兒命薄悔誤結良緣

寄向觀察夫人勞六表妹

閨中何幸託心知舊雨春風兩地思天上麒麟應降矣

人間福祿已綏之雲山望斷情殊切錦札傳來意轉癡

惆悵封函無所寄聊成數語憶君詩

種花竹

小春無事到深閨手植名花竹露齊願徙河陽紅似錦

漸分渭水綠成畦待看柳發桃開日定有朱鸞彩鳳棲
最是故園風景好年年飛夢到東谿

春晴二首

無限風光耀眼前雨餘楊柳裊輕煙喜因病起拈新句
且趁時晴御薄綿海燕帶歸春社雨庭花開徧豔陽天
羨他蛺蝶飛飛去多在叢花細柳邊

春寒幾日掩重門喜見扶桑出曉暾十里好風楊柳岸
一簾晴雨杏花村賣餳聽徧簫聲賤營壘看將燕子騫
莫遣時光空過眼卻尋詩句到前軒

野興

一經雲如葉輕風掃不開炎荒生瘴癘閨閣患文才雨漬印牀潤林幽蠻鳥來有懷天北斗家弟擅敲推

仲弟南歸招之遊粵

薊門風雪馬蹏遙吾弟南征客路饒五嶺舊會歸訊寄九重新惹御香飄江淮弔古人何在海嶽題詩月共招鄉國心情慈母慟桂林清話慰無聊

思至梧郡迎桐弟

聞說西游喜欲狂經過南海望遄檣移家思向蒼梧道掃榻先熏侍女香劍匣琴絲來處近酒籌詩稿用時忙天涯搔首成嘑笑檢點詞鋒試季方

遲仲弟不至

此行飄蕩去何之遠語愁聞有所思門縱常開杜子美辭還虛設鄭當時舟維嶺樹猶勞夢馬踏燕雲不忍馳一事他年京洛定與君相聚肯相期

次韻桐弟東溪草堂留別詩四首

客路經霜冒曉寒遙憐季子雁行單蒼梧小住成虛約襄首燕南鼻幾酸

廿載餘茲汗漫遊天南地北誤封侯何時最是思鄉際月上珠簾人倚樓

昨宵猶夢步東皋月湧江流浪不濤安得嚴陵同把釣

草堂分韻傲郎曹

畫角聲沉銀漏催，璇閨詩酒自徘徊。忽傳錦字來梅驛，酬和慚無林下才。

醉歌行

火雲騰空作紫絳，玉女素趺騎采虹。羿弓迸月嫦娥降，霞漿浮觴清肺臟。與我三夕斂衽讓，欲飲不飲御羞量。許瓊吹簫董成唱，雪齧銀齒恣謔浪。天風忽吹氣晃盪，織女招手天河上。石室機張三萬丈，自言此工殊可愴。我欲從之窺帝仗，三辰七宿形模壯。王母嗔顧誰所謗，翩然一覺墮煙瘴。梧月在窗梅插帳，爐煙已燼俄蓬放

山城漏點檐牙向行人夜趁廣江漲

苦雨

不待桑林禱油然十日陰莓苔幽徑滑薜荔暮雲侵酒熟詩篇就天涼院宇深祈晴農望切何以慰人心

遣懷二首

不爲愁多不賦詩詩成更覺惹愁思詩城難遣愁兵破愁解詩删問幾時

茫茫人海盡搏沙參透詩禪鬢已華多少奇愁消不得月明何處又悲笳

枸櫞軒詩鈔卷上終

姪煒祥恭校

枸櫞軒詩鈔卷下 甲午至辛亥

善化 何桂珍 梅因

感事一百韻

眞宰茫茫意擎涕問天帝天帝摻九閽出沒忝魑魅嗟
余老巾幗贅此金革世傷哉女子身空負凌霄志班昭
一回首同弔古今事天道妙轉旋人心孕明晦寒往迫
暑來極衰盛所致伊昔景福時聖化涵無際草木蘊藹
繁禽鳥翻翾遂周池冴成淵神京鍾王氣仰應箕尾躔
俯協河圖瑞滹沱搤其吭燕然搤其背左矆醫閭環右
挾太行衛皐基規百里冠蓋如雲萃霖雨起山龍聖相

布孔惠分命班輿馬石渠絢典祕邃超狹三王和聲同
鼓吹乍聞麟在郊又獻嘉禾穗重譯拱皇圖車書大無
外天子坐明堂萬國衣冠侍仙纛拜冕旒日捧螭頭翠
舄奕振朝綱溫詔下象魏文德既殷昌武節靡敢廢簡
閱賁因時期門列魚麗噌吰劍珮聲高擁翠華泣豹尾
扈潛王虎賁翼都尉畫角一聲鳴颱颱犀聲殪許少貢
其材佽飛窮其藝雨血噴風毛聲威震大地元戎奏禮
成撤圍呼萬歲警蹕輦長楊行炰須大賚雲龍供帳集
九市旁分隧富庶二百年增華而極熾巘巘王侯門珠
貝沙礫棄金穴復銅山厮養竊名位喜怒鬼神驚鼻息

薰天貴要之升青霄忤者緹騎繫妖童馳寶馬闐街吒官吏鼠聖狐亦神婚藉權門勢漸入羊爲郎苞苴暮昏饋夥欲黃鵠子所在雙魚佩比盜無甲兵噤法百僚畏安得龍猛筆點石屢若輩上貪下以諂六快長沙備中原積弊深從此遂多故那利斷海來公卿正養器控弦數十萬舒轉如猨臂旗連白日昏浪嘯魚龍沸火器迸熛紅所快屠人毓少壯已點行老弱任狼噬死別兼生離哀聲顫星墜不聞蕃馬歸但見漢兵潰黃沙大漠開直抵榆林塞軍諜到甘泉至尊重勤瘁內帑括金錢九邊徵驍銳皇郊築露臺印授王恢帥一二補袞臣太平

徒紛績觀此雲雷屯仕路脫身退特拔魏絳才薄膺參
廷議倏傳風鶴聲猻已心肝碎諸將例嬴奔健兒相枕
斃吳越遠結轍朝廷閉振貸屯兵萬數千婁索屋椽稅
搜淵又剔藪生民無噍類瘖聞隸下鄉願填溝壑避蠹
玆亦何辜浩刼從天被邇來朔風悲搆兵逾帀歲蟠蜂
久相持終付漁人利一蹶羣豕張競獻和戎計侈口說
羈縻低首腥羶裔金帛任所求土地未敢愛棄之無慚
顏國體弁髦視六幕豈無才鹽車老神驥兵書五十家
奇胲胸中肆扶義起海隅羽書催電掣願搗鯨鯢穴白
水指盟誓天上卻容奸無媒多阻滯喋血古戰場千秋

英雄瘞一自長城崩掉尾蚩潛逝妖孽西北惡又逞觸
雝志乘軒大吏驕廟略等蒲戲瘡痍數千里誰敢扶其
弊民生日以危朝綱日以替冷笑牛醫兒猶自黃扉廁
冥心柏子禪懺悔冀長治蟪蛄雖蒙恩幕巢身世寄峨
峨御史臺鐵冠風難繼朝無直言旗野拋挈瓶智出師
表不聞大荒經未識萬族皆走圓名器漸覦覬黃尾接
裘頭片言予登第百尺橫海鱗失志亦吞餌沐猴衣且
冠狂虎角而翅狉狉楚人鳳長共乾坤閟厲氣干上蒼
火雲流孛彗滃渤淫雨連赤縣徧災沴時或亢六龍時
或釀瘠癘大兵必凶年天理巧相值十室九者空何堪

供賦儕願言鑄羣生一字一珠淚

對月懷桐弟二首

洗出琉璃世界敞開冰雪簾櫳萬里關山一笛爲誰聲到樓東

處處清輝無奈家家離淚低垂欲遣玉妃喚入莫教兩地同悲

哭仲弟桐雲四首

十屆觀光九報空名成人已返仙宮（甲午舉京兆揭曉前三日下世）文章憎命尋常事千古傷心是道窮

事事違心兩鬢絲頻年惆悵類書癡一生心迹惟儂識

最是悲君憶子詩弟有望子樓邊可奈何之句

賈生徒抱不凡才病劇猶書訣字來檢點遺箋和淚讀

離騷無字不含哀

死別生離轉眼過逝波難挽怨如何幾同腸斷情無奈

忍唱淒涼薤露歌

長孫福焜生爲　先公觀察公長曾孫也勖之

回首辛勤日熊丸淚暗吞三遷慚教子一索幸生孫業

紹琴書舊謀貽道德尊試嗁深屬望能否大吾門

重入都門二首並序

咸豐丁巳伯兄開府兩江留余與弟侍　父京

郎越四年還湘今逾四十稔矣其間弟若姪先後宦京迭招一聚因隨夫子任於粵西道阻未果光緒丙申滄兒入中書省戊戌迎養兒孫繞膝樂固可知而父兄弟姪久經殂謝風木之悲脊令之慼又不覺隱動於衷也

峨峨冠蓋簇金門我醉重來欲斷魂花萼祇今成幻影蓼莪終古負慈恩虎符事業歸何處狗監功名竟自尊四十餘年渾一夢黃粱未熟又黃昏

叨分天祿到衰親簪筆悤悤一个臣教子期成天下士傳家休忝讀書人樹連雞省無邊碧草傍龍池異樣新

莫道前身香案吏，酬恩何以掌絲綸。

紹初夫子小祥哀賦六首

相對牛衣日，心期月永圓。他生猶未卜，長別已經年。

衰年悲失侶，顧影愈難禁。黃鵠哀鳴過，離羣何處尋。

辛勞身歷盡，有子乍成名。未遂烏私願，蓼莪慟失聲。

卅年一夢促良緣，鴻案相莊事渺然。地下果能猶伉儷，
願隨蝶化赴重泉。

撲面黃沙動地來，杜鵑嗁盡血成灰。桐棺六尺埋何日，
風雨蕭蕭泣夜臺。

萬事違心總為貧，人間天上兩酸辛。椒漿一滴君知否

魂夢歸來苦未眞

庚子七月二首

鳳舞龍蟠地無端烽燧颺河山枰一局勝負怕思量

聖主巡何處天閶日月寒蒙塵千古恨搔首望齊桓

哭幼子壽澧

牙牙學語乍覷驚摸索偏工屋底行觀志已能徵得失

傳書還望繼平生三齡失怙悲何極二豎爲災病竟成

倘使夜臺能見父好依膝下慰離情

婢子小紅殉難得旌紀恩二首並序

小紅楚產也不詳其姓五齡爲匪人誘賣余憐

而收養視同子女婢性慧明大義貌亦娟好戚眷愛而敬之多有求爲側室者余皆婉卻欲俟長成擇一良匹俾其得所孰意庚子之變余舉家殉此無力遠引自分必死指院井爲所婢時侍側若有感焉七月二十一日都城陷謠諑迭驚余方卧病報婢已就義於井矣越日拯出顔色如生嗚呼精白乃心堅定乃識有婢如此可勝歎哉無何款議成敵氛斂當軸以其死聞於朝天語褒嘉特予旌典卓哉吾婢千載一時吾不如也死時年十有五惟一旦珠沉左右侍婢

鮮當意者寒夜清燈聞風聽雨不無棖觸聊賦一章以誌

亞髻碧玉似家生話到珠沉淚欲傾侍我十年渾一夢
夢中猶自喚聲聲

人生塵世誰無死一死榮邀綽楔新從此完名山岳重
千秋不愧女兒身

感事八首

萬靈同首翊天王掌內乾坤大一匡禹貢不聞徵汗馬
堯封竟許牧番羊受降城外風雷泣御敵樓前日月荒
諭爾羣蠻休觝觸好生須識聖恩長

漢家閬苑枕西山碧瓦丹楹縹渺間十洞仙風吹舞扇
千場香霧擁歌鬟春隨夏后雙龍駐秋送周王八駿還
從此無愁天下福材官且醉玉門關
綠駢笙管散朝霞沈醉人間旌節花南海珊瑚裝寶馬
北門鎖鑰脫金蟆幾時弓挂天山穩浪説戈揮月滑斜
袞袞黃沙行地是防秋何以建高牙
鏡邊胡馬本天驕九服如今入漢軺槎使未歸張博望
冠軍空老霍嫖姚秋來絳蠟心傾淚劫後紅羊諫尚燒
傳語中朝人第一可能樽俎化兵銷
夜宴傳宣堯母門明珠世界不黃昏月擎瓊樹虛留影

草傍龍池盡沐恩曦曦鶯吹搖玉佩飄飄鳳仗捧金根
侍中不覺宵寒重新賜宮袍天語温
天涯何處是邊州多少羊頭關內侯舊業未穿鸚鵡硯
新恩偏著鵜鶘裘男錢散盡龐萌去女樂頒來魏絳留
休說當年豐鎬地長空衰草陣雲浮
尺天寸地戴堯年萬寶輸將來日邊劉晏持籌寬甲帖
徐溫抗疏免丁錢一籬松菊壺中隱千畝桑麻夢亦仙
自是太平新氣象厚生知有聖恩駢
繁華鏡裏託生靈歲歲長安世路冥千市簪裾沈璧月
萬家樓閣落旗星似聞置郵龍歸葦錯認乘軒鶴姓丁

聖代卽今猶富庶豳風秉願續葩經

暴雨

水閣聲聲撼傳呼雨陣來漫天倒河海大地走風雷蒼隼奔巢護朱鱗噴浪開浮生隨物化萬象落藤杯

陶然亭

臂捲西山翠樓臺水氣中葦齊千澗雨槐約半林風簾影窺金鳥籟聲引玉驄置身圖畫裏又見夕陽紅

春興二首

幾日回春萬象新階前細草已如茵老身也逐兒童隊扶杖尋芳笑語頻

緑波蕩漾水窗明好鳥枝頭弄曉晴十二闌干春似海
玉簫何處一聲聲

暮春二首

金鴨香銷夢乍同東風無力百花摧三春美景愁中境
辜負嫣紅次第開
九十韶光一瞥過恨煙顰雨奈春何多情祇有伶俜蝶
猶戀牆東瘦薜蘿

壽仁和王夔石相國七十詩四首

天留鶴髮鑄斯民碩德由來重甫申八代文章懸木舌
四朝事業屬金身采芝漫擬商山叟撰杖爭誇洛社人

我亦半生霑相澤，壺中歲月祝恆春。

相公風貌自堂堂，九老圖中日月光。第一聲華文潞國，無雙福壽郭汾陽。金甌早擅龍池貴，銀牓應綿鳳歷長。知是熙朝毓人瑞，待傳祭酒侑堯觴。

梅花時節換華顛，畫錦堂開玉作筵。歌霧沈沈龍寶扇，仙風馥馥簇宮鈿。普天赤子皆蒙慶，海外蒼生亦問年。天語更增無量壽，杖朝詩定譜靈篇。

世業青箱舊有名，才兼韓范秉鈞衡。三湘七澤元戎節，冀北滇南使者旌。數到棘槐皆北面，栽成桃李徧西清。謳歌欲效江皋女，肺附通家倍有情。相國爲伯兄壬子典禮闈試所得士

吾兒壽滄今授其五公子讀

夔石相國以瞿子玖協揆尊人彤雲先生自濟圖索題賦此應之

飄然一葉寄吟身瀛海滄茫孰問津眼底魚龍吹浪立鬢邊煙雨洗塵新願飛寶筏通三界豈泛虛舟禮四眞惆悵渡人人不渡中流閒煞渡人人

壽滄恭修玉牒得獎知府紀恩二首

寶牒書成重策勳天章字字炳星雲小臣稽古慚無學榮比桓生感倍殷

十年身傍鳳凰池拜命行將五馬馳祖武箕裘攻濟美

先翁由岳州守擢道員小郎子聞宦蜀亦擢升知府捫衷何以答宸慈

夜坐

銀漏迢迢斗柄欹蕭森夜氣淨無涯月移花影窺前檻
風曳蟬聲過別枝靜坐怕呼長鋏問寸心祇許素琴知
窮年惆悵終何益翹首青冥若有思

月夜聞笛寄懷勞六表妹

別經十載見難期夢裏依稀聚首時風送笛聲如怨訴
月窺簾影寫離思光陰鼎鼎真虛度魚雁迢迢爲底遲
料得故人情似海滬江回首淚應垂

新秋

無端淸入骨暝色入高樓萬壑魚龍冷千巖鳥鼠秋笳
吹梁月落簾捲水雲浮此夕何蕭瑟蘆花應白頭

七夕二首

休言天上不容奸偷藥嫦娥法竟寬帝女有才偏薄命
許多心事訴關難

千萬金錢債未償仳離何敢怨牛郎人間也有相思苦
鵲渡無期更渺茫

悲秋二首

本來無地著塵心況是幽居小院深何處砧聲自嗚咽
惹人離淚滿青襟

風風雨雨過重陽紫蟹初肥菊正黃惆悵夜窗人不寐更無情緒泛瑶觴

烈婦操　爲漢中烈婦劉氏母女及其小姑作

萬古疇無死子死孝臣死忠廪廪七尺峩冠風女子坤儀貴柔順顚難捐軀節亦同噫嚱世衰士無骨丈夫雌兮女子雄　一解　是石有時轉是金有時鑠卓我女子心金石堅豈若　二解　伊昔時同治妖雺西北垂罡風際天起棧道血肉飛文武安嬉士卒潰一鼓再鼓作者誰　三解　劉家有婦復有女婦孺三人天秩樹拚將熱血噴波臣欲潔吾身詎邀譽　四解　一死已足愧虬髯況復冰操

鼎峙參早知正氣萃巾幗但願天下生女不生男五解

君不見華陽之山山鬱律又不見漢陽之水水減汩山水效靈生女貞天荒地老名常烈輶軒下採詞非誣彤史應光董狐筆

有懷同甫五姪三首

兒童爭唱賣榆錢小別怱怱又一年同憶夜闌同話舊悲歡離聚總懵然

秋風容易鬢絲絲身似春蠶心尚癡欲報平安頻閣筆非愁卽病苦無詞

已是桑田第二過心如古井豈生波老天若解阿儂意

付與淸風任嘯歌

夫弟子聞書勸攝生賦此答之二首

萬里迢迢慰語溫逐貧無計黯銷魂縱教酸橄回甘味
轉眼斜陽已近昏

長安西笑月如鉤木葉黃時萬象秋欲寄相思寄何處
夢魂飛繞錦江頭

小影卻寄夫弟子聞成都四首并序

弟爲　先公觀察公季子少負奇氣敦孝友余于歸時弟甫垂髫藝花選韻相得甚歡未幾家中落諸昆走四方余偕弟持門備嘗艱苦弱冠

投筆非夙志也入蜀四十年頗致通顯而八千
里外啞眷眷於未亡之邱嫂兼推愛於猶子壽
滄辛亥寓書索小照並詩賦此應之撫今追昔
不禁淚隨筆下

小郎才調昔翩翩青障緣慚翰墨聯一自驪歌天各一
可堪同首憶當年

地北天南萬疊山情深沉邈淚潸潸好風頻借西江水
一洗愁顏一汗顏

饒膝兒孫笑語柔相期幸不墜貽謀他時若踐青山約
豈羨人間萬戶侯

六十年來未寫眞祇因瘦骨太嶙峋畫工似解阿儂意
幻出癡肥身外身

小影郤寄四姪壽璋長沙四首 並序

余就養來京忽忽十五載每思南歸因循未果回憶辛卯壬辰之間姪遊桂林與余相依情同母子一自癸巳通籍宦轍分馳雖不時來往都門終覺聚少離多心爲挂結今余年六十有六矣桑榆景迫後會難期率賦四章題小照以寄吾姪至性過人他日索影鏡中能無感慨系之耶

聞汝南歸歷數方隨車甘雨頌聲揚傳家循吏眞堪慰
回首當年又斷腸

迴雁峰前憶舊遊卅年如夢思悠悠重來父老應相識
爭羨郎君百里侯姪幼時隨任衡陽今宰是邑

流鶯喚澈客心驚白髮催人百感生湘水無情渺天際
歸帆和夢不分明

板輿廿載駐京華七澤三湘望眼遮莫笑化身圖畫裏
不須縮地也移家

書懷寄夫弟子閒並示四姪壽璋

多少酸心各一天況逢滄海又桑田無邊木落湘江冷

不盡猨啼巫峽連潦倒風塵悲舊夢銷磨文字送殘年
此身已分塡溝壑可許他生月再圓

辛亥十二月二首

篝火無端動斗刁百年歌舞黯然銷中原鬼哭衣冠燼
大漠人空鳥鼠驕衮衮盲風行地是茫茫朔雪接天遙
請纓我愧秦良玉空有丹心亘碧霄

人事天心又一時飄零日下更何之青山有約遲招隱
滄海無家走亂離撥到檀槽聲盡羽歌殘錦瑟淚如絲
刼灰怕向胡僧問自有杯中明月知

病中口號二首

鼓瑟年年子夜歌況聞荊棘葬銅駝天荒地老心常赤
風雨憑他總不磨
寒檠照影夜漫漫病臥他鄉死亦難欲與兒孫話休咎
幾囘囊首幾心酸

柯橡軒詩鈔卷下終

姪壽愜謹校

枸櫞軒詩鈔附卷

善化　何桂珍　梅因

惜分飛　送紹初夫子遊粵

古道夕陽人影絕多少嗁鳥殢血自古傷離別更無奈黃花時節　萬種心情風共咽苦處君應怕說車轉柔腸裂暗中換了鬢如雪

長相思　前題

雨瀟瀟風瀟瀟强把閒愁付酒澆眉尖愁未消　千山遙千水遙衰草連天魂夢勞夢中魂欲消

金人捧露盤　不寐

倚瑤牀移瑤簟弄瑤裳謾留得金鴨埋香華胥路遠霎時塵夢渺黃粱尋尋覓覓有誰知此夕心腸　笳聲遠砧聲緊蛩聲咽雁聲長偷隨月影透紗窗許多冷落有心瘦損紅妝閒情萬種爲秋誤倚替秋傷

眼兒媚　秋思

層層雲氣護樓臺心字篆香埋幾回襄首一聲淸歎落了金釵　夕陽外繡簾高捲盼蛺蝶歸來闌珊花事蕭疏樹影空立閒階

踏莎行　秋月

水浸長天波浮大地簾鉤捲上銀河翠洞簫何處一聲

聲關山悄落金人淚　玉柱雙垂寶花低墜壁嫦娥也解離人意長年鏡裏蹙紅妝青天碧海無窮思

清平樂　秋蝶

水風池閣寒冱銖衣薄欲與秋花尋舊約又怕秋花冷落　玉京仙子慵妝無心管領年芳沒箇人間幷剪絲絲剪斷柔腸

疏影　秋蟬

龍槐翠舞糝滿地畫陰身託高處枝北枝南時有時無幾度背人低訴秋光冷落來何速作弄得僝風僽雨憶漢宮十二闌干回首傷心無數　顛頓文園客伴問哀

音欲絕有甚愁苦未學鸞妝偷試鮫綃應愧前身齊女屏山勸倚人同老損翠翼被誰輕誤鎖日裏玉律金商畢竟幾時歸去

暗香　秋菊

秋容綽約似翠桐乍乳幽蘭含蕚閱盡萬千紅紫春花共春落一任東皇不管浮金鈿宮妝懶學但祇解傲骨凌秋閒伴白衣酌　風惡斷雲薄簾捲步晚階欲行還卻玉肌瘦弱同向窗前縠羅着多少饑蜂軟蝶開徧了東籬剛覺寒影下數露蛬幾聲疊角

闌干萬里心　七夕

秋容如水淨長天鶴馭鸞驂不計年病裏慵妝不忍眠
倚鞦韆收拾新愁付舊絃

琴調相思引　懷仲弟桐雲

塵事如梅味總酸三年篋裏鬢毛斑海天空闊何處是
鄉關　雁過西風吹影斷碪敲朔雪隔秋寒新愁舊恨
齊鎖到眉間

十六字令　瓶供晚香玉

花留取寒香沁綠紗黃昏後伴月玉丫叉

行香子　月下橫琴

孤鶴銜煙怨鵠窺筵占空階自寫繇繇何來玉鏡飛上

冰絃聽一聲清一聲斷一聲連　鉛杵秋邊歌舞人間且停三弄問青天瓊樓碧宇今夕何年但樹蕭疏花黯淡草萋芊

江城子　畢親母裴恭人過我晚話

小盧岑寂貯西風隔簾櫳數歸鴻籬落聲聲仙犬吠花叢料得人來紅樹外衝破了晚煙濃　相攜紈袖倚芙蓉檢詞鋒品詩筒一樣心情休放卻千鍾近日姿容清減甚應不爲寶釵空

鶯啼序　長夜不眠萬感橫生用夢窗荷花均倚此自遣

嚴霜沍空一白壓樓臺在水冷香暗透絳紗窗數枝風弄梅蕋猛聽得荒譙戍鼓嘑烏遶逐邊聲墜悵神州馳羽無端引動塵思　坐甲材官枕戈將領盡關東鼠子倚寒犨空泣銅仙甘泉書杳未至莽乾坤旄頭火燒問何日靈旗森指且狂歌拍手洪崖九天輸意　生涯鉛槧心事波瀾妒北宫穠豔冰鏡下幾回起舞曾見蓮炬分影雙枝對傾紅淚魚鬚笏落龍頭鼎冷當年塵夢渾如昨換酡顔一夕成蕉萃魂鑿骨恨拈花頓悟前因委懷五千言裏　年華老去滚滚黄沙蹙損眉心翠況說是江淹久别蘇季清貧可耐瓶笙把寒催起登樓試望

黏天衰草舊時道路人影絕盼歸鴻準誤雲屏倚無言彳亍危闌手擘離騷血痕浣紙

多麗 重九登樓

暮雲浮連天水墨涵秋正蕭疏黃花時節斷腸人在南樓咽秦簫篆埋猊鼎融漢粉塵壓蠹裘感舊情深登高意遠且傾黄酒學齊謳自太華峰頭一醉仙掌幾會遊空回首金神捧杖玉女飛籌 乍憑欄湘簾半捲許多塵事盈眸逐香塵紫燐衰草卧古碣白骨長楸銅馬銷沈杯蛇幻影天涯客子不勝愁今古恨眉尖齊鎖酒醒興難留因延望多情明月欲下還休

姪孫福存謹校

跋

枸櫞軒詩詞鈔　先母何太淑人作也　母幼耽經史明大義深得　外祖光祿公　伯舅太保公歡心髫齡外祖寢疾病羣醫束手舉室章黃我　母飲泣籲天潛刲臂調羹以進疾頓蘇事祕逖四十年展轉聞於朝得邀異數猶深諱不居雖生長華膴每以襁褓失恃未事所生爲憾陟屺之悲恆流露於歌詠間少作頗富惜無存稿同治丁卯歸我　父踰年　大父觀察公卒大母勞夫人茹慟成疾　母偕諸娣姒奉衰親理中饋竭力殫心吟興遂輟丙子以後漸有所作仍隨得隨棄

不輕示人仲舅桐雲公雅與母厚不時唱和甲午春濳輯所得付梓母方訝其炫露已不及止之矣戊戌先父太守公棄養重以家國多難母居恆鬱鬱見諸詩者語益酸辛辛亥一慟幾不欲生壽滄寬喻百端竟無以回親心而延晚景而今已矣白雲何在觸目皆悲每思編次遺篇以存我母之心迹奈展卷悲來實難擱管遲回兩載瞬屆大祥自維蒲柳之姿恐溘先朝露此願亦虛必不得已勉抑哀情窮一月之力取仲舅所刊原本次其歲月起丙子訖癸巳重訂爲上卷甲午至辛亥所作零星搜輯訂爲下卷都一百五十八首

賸以詩餘十五闋，遂成完帙。嗟嗟！以我母之德之才，使爲丈夫，所就必大。即論巾幗，徽言懿行，亦豈借重於雕蟲？況此片羽吉光，又豈足揚清芬於萬一？惟因文見意，古有明徵。彫餘冬嶺之松，孤標自秀；瘦盡淇園之竹，勁節千秋。耿耿此心，詎容不自？後之覽者，或亦將有感於斯文也夫。甲寅暮春男壽滄謹跋

續跋

枸櫞軒詩原板辛酉燬於烖　先季父止聞公印令重梓閱予小子自經陵谷粥文延喘力詎及兹蹉跎迄今我　母陰慶八齡小子亦年將周甲矣追維笑貌來祝靡由爰竭駑鈍勉成斯書藉傾不朽嗚呼昊天曷其有極乙丑四月上日男壽滄謹再跋于京寓之求無愧齋

孫福焜敬謹重校